U0933097

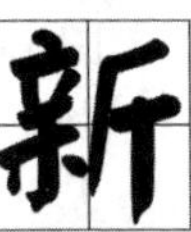

【南朝宋】刘义庆 撰

中国出版集团公司
華文出版社

图书在版编目（CIP）数据

世说新语 /（南朝宋）刘义庆撰. -- 北京：华文出版社，2018.1（2020.5重印）
（中国古典小说丛书）
ISBN 978-7-5075-4779-5

Ⅰ. ①世… Ⅱ. ①刘… Ⅲ. ①笔记小说—中国—南朝时代 Ⅳ. ①I242.1

中国版本图书馆CIP数据核字（2017）第256524号

世说新语

撰　　者：（南朝宋）刘义庆
责任编辑：刘超平　邹镇明
装帧设计：格林文化
出版发行：华文出版社
社　　址：北京市西城区广外大街305号8区2号楼
邮政编码：100055
网　　址：http：//www.hwcbs.com.cn
投稿信箱：hwcbs@126.com
电　　话：总编室 010-58336239　责任编辑010-58336222
　　　　　发行部 010-58336270　010-56249152
经　　销：新华书店
印　　刷：河北盛世彩捷印刷有限公司
开　　本：710mm×1000mm 1/16
印　　张：15.25
字　　数：198千字
版　　次：2018年1月第1版
印　　次：2020年5月第2次印刷
标准书号：ISBN 978-7-5075-4779-5
定　　价：36.00 元

版权所有　侵权必究

“中国古典小说丛书”出版说明

所谓“古典小说”云者，其义有二焉：一曰，但凡古代之小说，皆可谓之“古典小说”；一曰，但凡技法未受泰西影响之小说，亦可谓之“古典小说”。然此特就今人之观念言之耳。

揆诸坟典，“小说”一词，出自《庄子·外物篇》，其言曰：“饰小说以干县令，其于大达亦远矣。”由此观之，庄子所谓“小说”，不过琐屑之言，以其无关道术，故以小说名之耳。

炎汉成、哀之世，刘向、刘歆父子典校秘书，检讨百家学说，取桓谭《新论》“小说家合丛残小语，近取譬论，以作短书，治身治家，有可观之辞”之意，把《伊尹说》《鬻子说》诸书，归为“小说家”之书，而《汉书·艺文志》（以下简称《汉志》）继之。夷考其说，“小说家者流，盖出于稗官，街谈巷语，道听途说者之所造也”（语出《汉志》），此亦非后世之小说也。

唐修《隋书》，其《经籍志》立论本诸《汉志》，以小说为“街谈巷语之说”（《隋书·经籍志》语）。当此之时，小说之名虽同，而其类目稍广，举凡《燕丹子》《世说》《迩说》之属，皆可入诸小说名下。

后晋修《唐书》，其《经籍志》立论与《隋志》无异，以《博物志》隶小说，此为“神异志怪之书”入小说之始。

天水一朝，欧阳文忠公撰《新唐书·艺文志》（以下简称《新唐志》），以《列异传》《甄异传》《续齐谐记》《感应传》《旌异记》等“史部·杂传类”之书移于“小说类”。至是，小说之部类日棼。

及元脱脱修《宋史》，《艺文志·小说类》承《新唐志》之旧而增广之。

明胡应麟以小说繁夥，派别滋多，于是综核大凡，分小说为六类：一曰“志怪”，一曰“传奇”，一曰“杂录”，一曰“丛谈”，一曰“辩订”，一曰“箴规”。至此，小说一类已蔚为大观，脱《汉志》“街谈巷语”之成规。

清修“四库”，《总目提要》（以下简称《提要》）别小说为三派，“其一叙述杂事……其一记录异闻……其一缀辑琐语”，而又损益之。考诸《提要》，则损益可知：一曰，进“丛谈”“辩订”“箴规”为“杂家”；一曰，隶《山海经》《穆天子传》诸书于小说。小说范围，至是乃稍整洁矣。其分目虽殊，而论述则袭诸旧志。

曩者宋元明清之史志，难觅“平话”“演义”之书，此特士夫习气，鄙其为末流所使然也。史家成见，一至于斯。今人刻书，自当脱古人窠臼。

说部诸书，以文体分，有“白话”“文言”之别；以体裁分，有“话本”“传奇”“演义”之别；以内容分，有“佳话”“世情”“侠义”“家将”“神魔”之别。细玩其文，既有劝世之良言，亦有“诲淫诲盗”之糟粕，而抉择去取，转成读说部书之第一要务。以此之故，我社特于说部诸书择其精者，辑之而为“中国古典小说丛书”，凡百余种。

然说部之书浩如烟海，其精者又何限于区区百十之数？此次出版，难免遗珠之憾。然能俾读者因之而省择取之劳，进而得窥说部精要，示人以津梁，则尚不违出版“中国古典小说丛书”之初心。

说部之书，多出自书坊，脱误错乱，在所难免，故于“取其精华，去其糟粕”外，尚需广施校雠，始得成其为可读之书。以此之故，我社多方搜罗以定底本，精排其版以美其观，躬自校雠以正讹误，然后付诸枣梨，装订成书，以飨读者。

限于编者学力有限，书中疏漏之处，在所难免，尚祈广大方家、读者诸君不吝批评斧正。凡能指出书中一二谬误者，皆为吾师，吾人不胜感激之至。

华文出版社编辑部
2017 年 10 月 26 日

目　录

卷下之下

卷上之上

德行第一

一

陈仲举言为士则，行为世范，登车揽辔，有澄清天下之志。为豫章太守，至，便问徐孺子所在，欲先看之。主簿白："群情欲府君先人廨。"陈曰："武王式商容之闾，席不暇暖。吾之礼贤，有何不可！"

二

周子居常云："吾时月不见黄叔度，则鄙吝之心已复生矣。"

三

郭林宗至汝南造袁奉高，车不停轨，鸾不辍轭。诣黄叔度，乃弥日信宿。人问其故，林宗曰："叔度汪汪如万顷之陂。澄之不清，扰之不浊，其器深广，难测量也。”

四

李元礼风格秀整，高自标持，欲以天下名教是非为己任。后进之士，有升其堂者，皆以为登龙门。

五

李元礼尝叹荀淑、钟皓曰：“荀君清识难尚，钟君至德可师。”

六

陈太丘诣荀朗陵，贫俭无仆役。乃使元方将车，季方持杖后从。长文尚小，载箸车中。既至，荀使叔慈应门，慈明行酒，余六龙下食。文若亦小，坐箸膝前。于时太史奏：“真人东行。”

七

客有问陈季方：“足下家君太丘，有何功德而荷天下重名？”季方曰：“吾家君譬如桂树生泰山之阿，上有万仞之高，下有不测之深；上为甘露所沾，下为渊泉所润。当斯之时，桂树焉知泰山之高，渊泉之深，不知有功德与无也！”

八

陈元方子长文有英才，与季方子孝先，各论其父功德，争之不能决，咨于太丘。太丘曰：“元方难为兄，季方难为弟。”

九

荀巨伯远看友人疾，值胡贼攻郡，友人语巨伯曰：“吾今死矣，子可去！”巨伯曰：“远来相视，子令吾去，败义以求生，岂荀巨伯所行邪？”贼既至，谓巨伯曰：“大军至，一郡尽空，汝何男子，而敢独止？”巨伯曰：“友人有疾，不忍委之，宁以我身代友人命。”贼相谓曰：“我辈无义之人，而入有义之国！”遂班军而还，一郡并获全。

十

华歆遇子弟甚整，虽闲室之内，严若朝典。陈元方兄弟恣柔爱之道。而二门之里，两不失雍熙之轨焉。

十一

管宁、华歆共园中锄菜，见地有片金，管挥锄与瓦石不异，华捉而掷去之。又尝同席读书，有乘轩冕过门者，宁读如故，歆废书出看。宁割席分坐曰：“子非吾友也。”

十二

王朗每以识度推华歆。歆蜡日，尝集子侄燕饮，王亦学之。有人向张华说此事，张曰：“王之学华，皆是形骸之外，去之所以更远。”

十三

华歆、王朗俱乘船避难，有一人欲依附，歆辄难之。朗曰：“幸尚宽，何为不可？”后贼追至，王欲舍所携人。歆曰：“本所以疑，正为此耳。即已纳其自托，宁可以急相弃邪？”遂携拯如初。世以此定华、王之优劣。

十四

王祥事后母朱夫人甚谨。家有一李树，结子殊好，母恒使守之。时风雨忽至，祥抱树而泣。祥尝在别床眠，母自往暗斫之。值祥私起，空斫得被。既还，知母憾之不已，因跪前请死。母于是感悟，爱之如己子。

十五

晋文王称阮嗣宗至慎，每与之言，言皆玄远，未尝臧否人物。

十六

王戎云："与嵇康居二十年，未尝见其喜愠之色。"

十七

王戎、和峤同时遭大丧，俱以孝称。王鸡骨支床，和哭泣备礼。武帝谓刘仲雄曰："卿数省王、和不？闻和哀苦过礼，使人忧之。"仲雄曰："和峤虽备礼，神气不损；王戎虽不备礼，而哀毁骨立。臣以和峤生孝，王戎死孝。陛下不应忧峤，而应忧戎。"

十八

梁王、赵王，国之近属，贵重当时。裴令公岁请二国租钱数百万，以恤中表之贫者。或讥之曰："何以乞物行惠？"裴曰："损有余，补不足，天之道也。"

十九

王戎云："太保居在正始中，不在能言之流。及与之言，理中清远，将无以德掩其言！”

二十

王安丰遭艰，至性过人。裴令往吊之，曰：“若使一恸果能伤人，濬冲必不免灭性之讥。”

二十一

王戎父浑有令名，官至凉州刺史。浑薨，所历九郡义故，怀其德惠，相率致赙数百万，戎悉不受。

二十二

刘道真尝为徒，扶风王骏以五百匹布赎之，既而用为从事中郎。当时以为美事。

二十三

王平子、胡毋彦国诸人，皆以任放为达，或有裸体者。乐广笑曰：“名教中自有乐地，何为乃尔也！”

二十四

郗公值永嘉丧乱，在乡里甚穷馁。乡人以公名德，传共饴之。公常携兄子迈及外生周翼二小儿往食。乡人曰：“各自饥困，以君之贤，欲共济君耳，恐不能兼有所存。”公于是独往食，辄含饭著两颊边，还吐与二儿。后并得存，同过江。郗公亡，翼为剡县，解职归，席苫于公灵床头，心丧终三年。

二十五

顾荣在洛阳，尝应人请，觉行炙人有欲炙之色，因辍己施焉。同坐嗤之。荣曰：“岂有终日执之，而不知其味者乎？”后遭乱渡江，每经危急，常有一人左右己，问其所以，乃受炙人也。

二十六

祖光禄少孤贫，性至孝，常自为母炊爨作食。王平北闻其佳名，以两婢饷之，因取为中郎。有人戏之者曰：“奴价倍婢。”祖云：“百里奚亦何必轻于五羖之皮邪？”

二十七

周镇罢临川郡还都，未及上，住泊青溪渚，王丞相往看之。时夏月，暴雨卒至，舫至狭小，而又大漏，殆无复坐处。王曰：“胡威之清，何以过此！”即启用为吴兴郡。

二十八

邓攸始避难，于道中弃己子，全弟子。既过江，取一妾，甚宠爱。历年后讯其所由，妾具说是北人遭乱，忆父母姓名，乃攸之甥也。攸素有德业，言行无玷，闻之哀恨终身，遂不复畜妾。

二十九

王长豫为人谨顺，事亲尽色养之孝。丞相见长豫辄喜，见敬豫辄嗔。长豫与丞相语，恒以慎密为端。丞相还台，及行，未尝不送至车后。恒与曹夫人并当箱箧。长豫亡后，丞相还台，登车后，哭至台门。曹夫人作簏，封而不忍开。

三十

桓常侍闻人道深公者，辄曰："此公既有宿名，加先达知称，又与先人至交，不宜说之。"

三十一

庾公乘马有的卢，或语令卖去。庾云："卖之必有买者，即当害其主。宁可不安己而移于他人哉？昔孙叔敖杀两头蛇以为后人，古之美谈，效之，不亦达乎！"

三十二

阮光禄在剡，曾有好车，借者无不皆给。有人葬母，意欲借而不敢言。阮后闻之，叹曰："吾有车而使人不敢借，何以车为？"遂焚之。

三十三

谢奕作剡令，有一老翁犯法，谢以醇酒罚之，乃至过醉而犹未已。太傅时年七八岁，著青布绔，在兄膝边坐，谏曰："阿兄！老翁可念，何可作此。"奕于是改容曰："阿奴欲放去邪？"遂遣之。

三十四

谢太傅绝重褚公，常称："褚季野虽不言，而四时之气亦备。"

三十五

刘尹在郡，临终绵惙，闻阁下祠神鼓舞。正色曰："莫得淫祀！"外请杀车中牛祭神。真长答曰："丘之祷久矣，勿复为烦。"

三十六

谢公夫人教儿，问太傅："那得初不见君教儿？"答曰："我常自教儿。"

三十七

晋简文为抚军时，所坐床上尘不听拂，见鼠行迹，视以为佳。有参军见鼠白日行，以手板批杀之，抚军意色不说。门下起弹，教曰："鼠被害，尚不能忘怀；今复以鼠损人，无乃不可乎？"

三十八

范宣年八岁，后园挑菜，误伤指，大啼。人问："痛邪？"答曰："非为痛，身体发肤，不敢毁伤，是以啼耳！"宣洁行廉约，韩豫章遗绢百匹，不受。减五十匹，复不受。如是减半，遂至一匹，既终不受。韩后与范同载，就车中裂二丈与范，云："人宁可使妇无裈邪？"范笑而受之。

三十九

王子敬病笃，道家上章应首过，问子敬："由来有何异同得失？"子敬云："不觉有余事，惟忆与郗家离婚。"

四十

殷仲堪既为荆州，值水，俭食，常五碗盘，外无余肴。饭粒脱落盘席间，辄拾以啖之。虽欲率物，亦缘其性真素。每语子弟云："勿以我受任方州，云我豁平昔时意。今吾处之不易。贫者士之常，焉得登枝而捐其本！尔曹其存之！"

四十一

初桓南郡、杨广共说殷荆州，宜夺殷觊南蛮以自树。觊亦即晓其旨，尝因行散，率尔去下舍，便不复还，内外无预知者。意色萧然，远同鬭生之无愠。时论以此多之。

四十二

王仆射在江州，为殷、桓所逐，奔窜豫章，存亡未测。王绥在都，既忧戚在貌，居处饮食，每事有降。时人谓为试守孝子。

四十三

桓南郡既破殷荆州，收殷将佐十许人，咨议罗企生亦在焉。桓素待企生厚，将有所戮，先遣人语云："若谢我，当释罪。"企生答曰："为殷荆州吏，今荆州奔亡，存亡未判，我何颜谢桓公？"既出市，桓又遣人问欲何言，答曰："昔晋文王杀嵇康，而嵇绍为晋忠臣。从公乞一弟以养老母。"桓亦如言宥之。桓先曾以一羔裘与企生母胡，胡时在豫章，企生问至，即日焚裘。

四十四

王恭从会稽还，王大看之，见其坐六尺簟，因语恭："卿东来，故应有此物，可以一领及我。"恭无言。大去后，即举所坐者送之。既无余席，便坐荐上。后大闻之甚惊，曰："吾本谓卿多，故求耳。"对曰："丈人不悉恭，恭作人无长物。"

四十五

吴郡陈遗，家至孝，母好食铛底焦饭。遗作郡主簿，恒装一囊，每煮食，辄贮录焦饭，归以遗母。后值孙恩贼出吴郡，袁府君即日便征，遗已聚敛得数斗焦饭，未展归家，遂带以从军。战于沪渎，败。军人溃散，逃走山泽，皆多饥死，遗独以焦饭得活。时人以为纯孝之报也。

四十六

孔仆射为孝武侍中，豫蒙眷接烈宗山陵。孔时为太常，形素羸瘦，著重服，竟日涕泗流涟，见者以为真孝子。

四十七

吴道助、附子兄弟，居在丹阳郡。后遭母童夫人艰，朝夕哭临。及思至，宾客吊省，号踊哀绝，路人为之落泪。韩康伯时为丹阳尹，母殷在郡，每闻二吴之哭，辄为凄恻。语康伯曰：“汝若为选官，当好料理此人。”康伯亦甚相知。韩后果为吏部尚书。大吴不免哀制，小吴遂大贵达。

言语第二

一

边文礼见袁奉高，失次序。奉高曰：“昔尧聘许由，面无怍色，先生何为颠倒衣裳？”文礼答曰：“明府初临，尧德未彰，是以贱民颠倒衣裳耳。”

二

徐孺子年九岁，尝月下戏。人语之曰：“若令月中无物，当极明邪？”徐曰：“不然，譬如人眼中有瞳子，无此必不明。”

三

孔文举年十岁，随父到洛。时李元礼有盛名，为司隶校尉，诣门者皆俊才清称及中表亲戚乃通。文举至门，谓吏曰：“我是李府君亲。”既通，前坐。元礼问曰：“君与仆有何亲？”对曰：“昔先君仲尼与君先人伯阳，有师资之尊，是仆与君奕世为通好也。”元礼及宾客莫不奇之。太中大夫陈韪后至，人以其语语之。韪曰：“小时了了，大未必佳！”文举曰：“想君小时，必当了了！”韪大踧踖。

四

孔文举有二子，大者六岁，小者五岁。昼日父眠，小者床头盗酒饮之。大儿谓曰："何以不拜？"答曰："偷，那得行礼！"

五

孔融被收，中外惶怖。时融儿大者九岁，小者八岁。二儿故琢钉戏，了无遽容。融谓使者曰："冀罪止于身，二儿可得全不？"儿徐进曰："大人岂见覆巢之下，复有完卵乎？"寻亦收至。

六

颍川太守髡陈仲弓。客有问元方："府君何如？"元方曰："高明之君也。""足下家君何如？"曰："忠臣孝子也。"客曰："《易》称'二人同心，其利断金；同心之言，其臭如兰'。何有高明之君而刑忠臣孝子者乎？"元方曰："足下言何其谬也！故不相答。"客曰："足下但因伛为恭而不能答。"元方曰："昔高宗放孝子孝己，尹吉甫放孝子伯奇，董仲舒放孝子符起。唯此三君，高明之君；唯此三子，忠臣孝子。"客惭而退。

七

荀慈明与汝南袁阆相见，问颍川人士，慈明先及诸兄。阆笑曰："士但可因亲旧而已乎？"慈明曰："足下相难，依据者何经？"阆曰："方问国士，而及诸兄，是以尤之耳。"慈明曰："昔者祁奚内举不失其子，外举不失其仇，以为至公。公旦《文王》之诗，不论尧舜之德，而颂文武者，亲亲之义也。《春秋》之义，内其国而外诸夏。且不爱其亲而爱他人者，不为悖德乎？"

八

祢衡被魏武谪为鼓吏，正月半试鼓。衡扬枹为《渔阳掺挝》，渊渊有金石声，四坐为之改容。孔融曰："祢衡罪同胥靡，不能发明王之梦。"魏武惭而赦之。

九

南郡庞士元闻司马德操在颍川，故二千里候之。至，遇德操采桑，士元从车中谓曰："吾闻丈夫处世，当带金佩紫，焉有屈洪流之量，而执丝妇之事。"德操曰："子且下车，子适知邪径之速，不虑失道之迷。昔伯成耦耕，不慕诸侯之荣；原宪桑枢，不易有官之宅。何有坐则华屋，行则肥马，侍女数十，然后为奇？此乃许、父所以慷慨，夷、齐所以长叹。虽有窃秦之爵，千驷之富，不足贵也！"士元曰："仆生出边垂，寡见大义。若不一叩洪钟，伐雷鼓，则不识其音响也。"

十

刘公幹以失敬罹罪。文帝问曰："卿何以不谨于文宪？"桢答曰："臣诚庸短，亦由陛下纲目不疏。"

十一

钟毓、钟会少有令誉。年十三，魏文帝闻之，语其父钟繇曰："可令二子来！"于是敕见。毓面有汗，帝曰："卿面何以汗？"毓对曰："战战惶惶，汗出如浆。"复问会："卿何以不汗？"对曰："战战栗栗，汗不敢出。"

十二

钟毓兄弟小时，值父昼寝，因共偷服药酒。其父时觉，且托寐以观之。毓拜而后饮，会饮而不拜。既而问毓何以拜，毓曰："酒以成礼，不敢不拜。"又问会何以不拜，会曰："偷本非礼，所以不拜。"

十三

魏明帝为外祖母筑馆于甄氏。既成，自行视，谓左右曰："馆当以何为名？"侍中缪袭曰："陛下圣思齐于哲王；罔极过于曾、闵。此馆之兴，情钟舅氏，宜以'渭阳'为名"。

十四

何平叔云："服五石散，非唯治病，亦觉神明开朗。"

十五

嵇中散语赵景真："卿瞳子白黑分明，有白起之风，恨量小狭。"赵云："尺表能审玑衡之度，寸管能测往复之气。何必在大，但问识如何耳！"

十六

司马景王东征，取上党李喜，以为从事中郎。因问喜曰："昔先公辟君不就，今孤召君，何以来？"喜对曰："先公以礼见待，故得以礼进退；明公以法见绳，喜畏法而至耳！"

十七

邓艾口吃，语称"艾艾"。晋文王戏之曰："卿云艾艾，定是几艾？”对曰：“凤兮凤兮，故是一凤。”

十八

嵇中散既被诛，向子期举郡计入洛，文王引进，问曰：“闻君有箕山之志，何以在此？”对曰：“巢、许狷介之士，不足多慕。”王大咨嗟。

十九

晋武帝始登阼，探策得“一”。王者世数，系此多少。帝既不说，群臣失色，莫能有言者。侍中裴楷进曰：“臣闻天得一以清，地得一以宁，侯王得一以为天下贞。”帝说，群臣叹服。

二十

满奋畏风。在晋武帝坐，北窗作琉璃屏，实密似疏，奋有难色。帝笑之。奋答曰：“臣犹吴牛，见月而喘。”

二十一

诸葛靓在吴，于朝堂大会。孙皓问：“卿字仲思，为何所思？”对曰：“在家思孝，事君思忠，朋友思信，如斯而已。”

二十二

蔡洪赴洛，洛中人问曰：“幕府初开，群公辟命，求英奇于仄陋，采贤俊于岩穴。君吴楚之士，亡国之余，有何异才，而应斯举？”蔡答曰：“夜光之珠，不必出于孟津之河；盈握之璧，不必采于昆仑之山。大禹生于东夷，文王生于西羌，圣贤所出，何必常处。昔武王伐纣，迁顽民于洛邑，得无诸君是其苗裔乎？”

二十三

诸名士共至洛水戏。还，乐令问王夷甫曰：“今日戏乐乎？”王曰：“裴仆射善谈名理，混混有雅致；张茂先论《史》《汉》，靡靡可听；我与王安丰说延陵、子房，亦超超玄箸。”

二十四

王武子、孙子荆各言其土地人物之美。王云：“其地坦而平，其水淡而清，其人廉且贞。”孙云，“其山嶵巍以嵯峨，其水泙渫而扬波，其人磊砢而英多。”

二十五

乐令女适大将军成都王颖。王兄长沙王执权于洛，遂构兵相图。长沙王亲近小人，远外君子，凡在朝者，人怀危惧。乐令既允朝望，加有婚亲，群小谗于长沙。长沙尝问乐令，乐令神色自若，徐答曰：“岂以五男易一女？”由是释然，无复疑虑。

二十六

陆机诣王武子，武子前置数斛羊酪，指以示陆曰：“卿江东何以敌此？”陆云：“有千里莼羹，但未下盐豉耳！”

二十七

中朝有小儿，父病，行乞药。主人问病，曰：“患疟也。”主人曰：“尊侯明德君子，何以病疟？”答曰：“来病君子，所以为疟耳。”

二十八

崔正熊诣都郡。都郡将姓陈，问正熊："君去崔杼几世？"答曰："民去崔杼，如明府之去陈恒。"

二十九

元帝始过江，谓顾骠骑曰："寄人国土，心常怀惭。"荣跪对曰："臣闻王者以天下为家，是以耿、亳无定处，九鼎迁洛邑。愿陛下勿以迁都为念。"

三十

庾公造周伯仁。伯仁曰："君子何欣说而忽肥？"庾曰："君复何所忧惨而忽瘦？"伯仁曰："吾无所忧，直是清虚日来，滓秽日去耳。"

三十一

过江诸人，每至美日，辄相邀新亭，藉卉饮宴。周侯中坐而叹曰："风景不殊，正自有山河之异！"皆相视流泪。唯王丞相愀然变色曰："当共戮力王室，克复神州，何至作楚囚相对？"

三十二

卫洗马初欲渡江，形神惨顇，语左右云："见此芒芒，不觉百端交集。苟未免有情，亦复谁能遣此！"

三十三

顾司空未知名，诣王丞相。丞相小极，对之疲睡。顾思所以叩会之，因谓同坐曰："昔每闻元公道公协赞中宗，保全江表，体小不安，令人喘息。”丞相因觉，谓顾曰：“此子珪璋特达，机警有锋。”

三十四

会稽贺生，体识清远，言行以礼。不徒东南之美，实为海内之秀。

三十五

刘琨虽隔阂寇戎，志存本朝，谓温峤曰：“班彪识刘氏之复兴，马援知汉光之可辅。今晋阼虽衰，天命未改。吾欲立功于河北，使卿延誉于江南。子其行乎？”温曰：“峤虽不敏，才非昔人，明公以桓、文之姿，建匡立之功，岂敢辞命！”

三十六

温峤初为刘琨使来过江。于时江左营建始尔，纲纪未举。温新至，深有诸虑。既诣王丞相，陈主上幽越，社稷焚灭，山陵夷毁之酷，有《黍离》之痛。温忠慨深烈，言与泗俱，丞相亦与之对泣。叙情既毕，便深自陈结，丞相亦厚相酬纳。既出，欢然言曰：“江左自有管夷吾，此复何忧？”

三十七

王敦兄含为光禄勋。敦既逆谋，屯据南州，含委职奔姑孰。王丞相诣阙谢。司徒、丞相、扬州官僚问讯，仓卒不知何辞。顾司空时为扬州别驾，援翰曰：“王光禄远避流言，明公蒙尘路次，群下不宁，不审尊体起居何如？”

三十八

郗太尉拜司空，语同坐曰："平生意不在多，值世故纷纭，遂至台鼎。朱博翰音，实愧于怀。"

三十九

高坐道人不作汉语，或问此意，简文曰："以简应对之烦。"

四十

周仆射雍容好仪形，诣王公，初下车，隐数人，王公含笑看之。既坐，傲然啸咏。王公曰："卿欲希嵇、阮邪？"答曰："何敢近舍明公，远希嵇、阮！"

四十一

庾公尝入佛图，见卧佛，曰："此子疲于津梁。"于时以为名言。

四十二

挚瞻曾作四郡太守，大将军户曹参军，复出作内史，年始二十九。尝别王敦，敦谓瞻曰："卿年未三十，已为万石，亦太蚤。"瞻曰："方于将军，少为太蚤；比之甘罗，已为太老。"

四十三

梁国杨氏子，九岁，甚聪惠。孔君平诣其父，父不在，乃呼儿出，为设果。果有杨梅，孔指以示儿曰："此是君家果。"儿应声答曰："未闻孔雀是夫子家禽。"

四十四

孔廷尉以裘与从弟沈，沈辞不受。廷尉曰："晏平仲之俭，祠其先人，豚肩不掩豆，犹狐裘数十年，卿复何辞此？"于是受而服之。

四十五

佛图澄与诸石游，林公曰："澄以石虎为海鸥鸟。"

四十六

谢仁祖年八岁，谢豫章将送客，尔时语已神悟，自参上流。诸人咸共叹之曰："年少一坐之颜回。"仁祖曰："坐无尼父，焉别颜回？"

四十七

陶公疾笃，都无献替之言，朝士以为恨。仁祖闻之曰："时无竖刁，故不贻陶公话言。"时贤以为德音。

四十八

竺法深在简文坐，刘尹问："道人何以游朱门？"答曰："君自见其朱门，贫道如游蓬户。"或云卞令。

四十九

孙盛为庾公记室参军，从猎，将其二儿俱行。庾公不知，忽于猎场见齐庄，时年七八岁。庾谓曰："君亦复来邪？"应声答曰："所谓'无小无大，从公于迈'。"

五十

孙齐由、齐庄二人小时诣庾公，公问齐由“何字”，答曰：“字齐由。”公曰：“欲何齐邪？”曰：“齐许由。”齐庄“何字”，答曰：“字齐庄。”公曰：“欲何齐？”曰：“齐庄周。”公曰：“何不慕仲尼而慕庄周？”对曰：“圣人生知，故难企慕。”庾公大喜小儿对。

五十一

张玄之、顾敷，是顾和中外孙，皆少而聪惠。和并知之，而常谓顾胜，亲重偏至，张颇不恹。于时张年九岁，顾年七岁，和与俱至寺中。见佛般泥洹像，弟子有泣者，有不泣者，和以问二孙。玄谓“被亲故泣，不被亲故不泣”。敷曰：“不然，当由忘情故不泣，不能忘情故泣。”

五十二

庾法畅造庾太尉，握麈尾至佳，公曰：“此至佳，那得在？”法畅曰：“廉者不求，贪者不与，故得在耳。”

五十三

庾穉恭为荆州，以毛扇上武帝。武帝疑是故物。侍中刘劭曰：“柏梁云构，工匠先居其下；管弦繁奏，钟、夔先听其音。穉恭上扇，以好不以新。”庾后闻之曰：“此人宜在帝左右。”

五十四

何骠骑亡后，征褚公入。既至石头，王长史、刘尹同诣褚。褚曰：“真长何以处我？”真长顾王曰：“此子能言。”褚因视王，王曰：

“国自有周公。”

五十五

桓公北征经金城，见前为琅邪时种柳，皆已十围，慨然曰：“木犹如此，人何以堪！”攀枝执条，泫然流泪。

五十六

简文作抚军时，尝与桓宣武俱入朝，更相让在前。宣武不得已而先之，因曰：“伯也执殳，为王前驱。”简文曰：“所谓‘无小无大，从公于迈’。”

五十七

顾悦与简文同年，而发蚤白。简文曰：“卿何以先白？”对曰：“蒲柳之姿，望秋而落；松柏之质，经霜弥茂。”

五十八

桓公入峡，绝壁天悬，腾波迅急。乃叹曰：“既为忠臣，不得为孝子，如何？”

五十九

初，荧惑入太微，寻废海西。简文登阼，复入太微，帝恶之。时郗超为中书在直。引超入曰：“天命修短，故非所计，政当无复近日事不？”超曰：“大司马方将外固封疆，内镇社稷，必无若此之虑。臣为陛下以百口保之。”帝因诵庾仲初诗曰：“志士痛朝危，忠臣哀主辱。”声甚凄厉。郗受假还东，帝曰：“致意尊公，家国之事，遂至于此！由是身不能以道匡卫，思患预防，愧叹之深，言何能喻！”因泣下流襟。

六十

简文在暗室中坐，召宣武。宣武至，问：“上何在？”简文曰：“某在斯。”时人以为能。

六十一

简文入华林园，顾谓左右曰：“会心处不必在远。翳然林水，便自有濠、濮间想也。觉鸟兽禽鱼，自来亲人。”

六十二

谢太傅语王右军曰：“中年伤于哀乐，与亲友别，辄作数日恶。”王曰：“年在桑榆，自然至此，正赖丝竹陶写。恒恐儿辈觉，损欣乐之趣。”

六十三

支道林常养数匹马。或言“道人畜马不韵”。支曰：“贫道重其神骏。”

六十四

刘尹与桓宣武共听讲《礼记》。桓云：“时有入心处，便觉咫尺玄门。”刘曰：“此未关至极，自是金华殿之语。”

六十五

羊秉为抚军参军，少亡，有令誉。夏侯孝若为之叙，极相赞悼。羊权为黄门侍郎，侍简文坐。帝问曰："夏侯湛作《羊秉叙》，绝可想。是卿何物？有后不？"权潸然对曰："亡伯令问夙彰，而无有继嗣。虽名播天听，然胤绝圣世。"帝嗟慨久之。

六十六

王长史与刘真长别后相见，王谓刘曰："卿更长进。"答曰："此若天之自高耳。"

六十七

刘尹云："人想王荆产佳，此想长松下当有清风耳。"

六十八

王仲祖闻蛮语不解，茫然曰："若使介葛卢来朝，故当不昧此语。"

六十九

刘真长为丹阳尹，许玄度出都就刘宿。床帷新丽，饮食丰甘。许曰："若保全此处，殊胜东山。"刘曰："卿若知吉凶由人，吾安得不保此！"王逸少在坐曰："令巢、许遇稷、契，当无此言。"二人并有愧色。

七十

王右军与谢太傅共登冶城。谢悠然远想，有高世之志。王谓谢曰："夏禹勤王，手足胼胝。文王旰食，日不暇给。今四郊多垒，宜人人自效。而虚谈废务，浮文妨要，恐非当今所宜。”谢答曰：“秦任商鞅，二世而亡，岂清言致患邪？”

七十一

谢太傅寒雪日内集，与儿女讲论文义。俄而雪骤，公欣然曰：“白雪纷纷何所似？”兄子胡儿曰：“撒盐空中差可拟。”兄女曰：“未若柳絮因风起。”公大笑乐。即公大兄无奕女，左将军王凝之妻也。

七十二

王中郎令伏玄度、习凿齿论青、楚人物。临成，以示韩康伯。康伯都无言，王曰：“何故不言？”韩曰：“无可无不可。”

七十三

刘尹云：“清风朗月，辄思玄度。”

七十四

荀中郎在京口，登北固望海云：“虽未睹三山，便自使人有凌云意。若秦、汉之君，必当褰裳濡足。”

七十五

谢公云：“贤圣去人，其间亦迩。”子侄未之许。公叹曰：“若郗超闻此语，必不至河汉。”

七十六

支公好鹤，住剡东岇山。有人遗其双鹤，少时翅长欲飞。支意惜之，乃铩其翮。鹤轩翥不复能飞，乃反顾翅，垂头。视之，如有懊丧意。林曰：“既有凌霄之姿，何肯为人作耳目近玩？”养令翮成，置使飞去。

七十七

谢中郎经曲阿后湖，问左右：“此是何水？”答曰：“曲阿湖。”谢曰：“故当渊注渟著，纳而不流。”

七十八

晋武帝每饷山涛恒少。谢太傅以问子弟，车骑答曰：“当由欲者不多，而使与者忘少。”

七十九

谢胡儿语庾道季：“诸人莫当就卿谈，可坚城垒。”庾曰：“若文度来，我以偏师待之；康伯来，济河焚舟。”

八十

李弘度常叹不被遇。殷扬州知其家贫，问：“君能屈志百里不？”李答曰：“《北门》之叹，久已上闻。穷猿奔林，岂暇择木！”遂授剡县。

八十一

王司州至吴兴印渚中看。叹曰：“非唯使人情开涤，亦觉日月清朗。”

八十二

谢万作豫州都督，新拜，当西之都邑，相送累日，谢疲顿。于是高侍中往，径就谢坐，因问："卿今仗节方州，当疆理西蕃，何以为政？"谢粗道其意。高便为谢道形势，作数百语。谢遂起坐。高去后，谢追曰："阿酃故粗有才具。"谢因此得终坐。

八十三

袁彦伯为谢安南司马，都下诸人送至濑乡。将别，既自凄惘，叹曰："江山辽落，居然有万里之势。"

八十四

孙绰赋《遂初》，筑室畎川，自言见止足之分。斋前种一株松，恒自手壅治之。高世远时亦邻居，语孙曰："松树子非不楚楚可怜，但永无栋梁用耳！"孙曰："枫柳虽合抱，亦何所施？"

八十五

桓征西治江陵城甚丽．会宾僚出江津望之，云："若能目此城者有赏。"顾长康时为客，在坐，目曰："遥望层城，丹楼如霞。"桓即赏以二婢。

八十六

王子敬语王孝伯曰："羊叔子自复佳耳，然亦何与人事？故不如铜雀台上妓。"

八十七

林公见东阳长山曰：“何其坦迤！”

八十八

顾长康从会稽还，人问山川之美，顾云：“千岩竞秀，万壑争流，草木蒙笼其上，若云兴霞蔚。”

八十九

简文崩，孝武年十余岁立，至暝不临。左右启“依常应临”。帝曰：“哀至则哭，何常之有！”

九十

孝武将讲《孝经》，谢公兄弟与诸人私庭讲习。车武子难苦问谢，谓袁羊曰：“不问则德音有遗，多问则重劳二谢。”袁曰：“必无此嫌。”车曰：“何以知尔？”袁曰：“何尝见明镜疲于屡照，清流惮于惠风！”

九十一

王子敬曰：“从山阴道上行，山川自相映发，使人应接不暇。若秋冬之际，尤难为怀。”

九十二

谢太傅问诸子侄：“子弟亦何预人事，而正欲使其佳？”诸人莫有言者，车骑答曰：“譬如芝兰玉树，欲使其生于阶庭耳。”

九十三

道壹道人好整饰音辞，从都下还东山，经吴中。已而会雪下，未甚寒。诸道人问在道所经。壹公曰："风霜固所不论，乃先集其惨澹。郊邑正自飘瞥，林岫便已皓然。"

九十四

张天锡为凉州刺史，称制西隅。既为苻坚所禽，用为侍中。后于寿阳俱败，至都，为孝武所器。每入言论，无不竟日。颇有嫉己者，于坐问张："北方何物可贵？"张曰："桑椹甘香，鸱鸮革响。淳酪养性，人无嫉心。"

九十五

顾长康拜桓宣武墓，作诗云："山崩溟海竭，鱼鸟将何依。"人问之曰："卿凭重桓乃尔，哭之状其可见乎？"顾曰："鼻如广莫长风，眼如悬河决溜。"或曰："声如震雷破山，泪如倾河注海。"

九十六

毛伯成既负其才气，常称："宁为兰摧玉折，不作萧敷艾荣。"

九十七

范宁作豫章，八日请佛有板。众僧疑，或欲作答。有小沙弥在坐末曰："世尊默然，则为许可。"众从其义。

九十八

司马太傅斋中夜坐，于时天月明净，都无纤翳。太傅叹以为佳。

谢景重在坐，答曰："意谓乃不如微云点缀。"太傅因戏谢曰："卿居心不净，乃复强欲滓秽太清邪？"

九十九

王中郎甚爱张天锡，问之曰："卿观过江诸人，经纬江左，轨辙有何伟异？后来之彦，复何如中原？"张曰："研求幽邃，自王、何以还；因时修制，荀、乐之风。"王曰："卿知见有余，何故为苻坚所制？"答曰："阳消阴息，故天步屯蹇；否剥成象，岂足多讥？"

一百

谢景重女适王孝伯儿，二门公甚相爱美。谢为太傅长史，被弹；王即取作长史，带晋陵郡。太傅已构嫌孝伯，不欲伸其得谢，还取作咨议。外示縶维，而实以乖间之。及孝伯败后，太傅绕东府城行散，僚属悉在南门要望候拜，时谓谢曰："王宁异谋，云是卿为其计。"谢曾无惧色，敛笏对曰："乐彦辅有言：'岂以五男易一女？'"，太傅善其对，因举酒劝之曰："故自佳！故自佳！"

一百零一

桓玄义兴还后，见司马太傅，太傅已醉，坐上多客，问人云："桓温来欲作贼，如何？"桓玄伏不得起。谢景重时为长史，举板答曰："故宣武公黜昏暗，登圣明，功超伊、霍。纷纭之议，裁之圣鉴。"太傅曰："我知！我知！"即举酒云："桓义兴，劝卿酒。"桓出谢过。

一百零二

宣武移镇南州，制街衢平直。人谓王东亭曰："丞相初营建康，无所因承，而制置纡曲，方此为劣。"东亭曰："此丞相乃所以为巧。

江左地促，不如中国；若使阡陌条畅，则一览而尽。故纡余委曲，若不可测。”

一百零三

桓玄诣殷荆州，殷在妾房昼眠，左右辞不之通。桓后言及此事，殷云：“初不眠，纵有此，岂不以‘贤贤易色’也。”

一百零四

桓玄问羊孚：“何以共重吴声？”羊曰：“当以其妖而浮。”

一百零五

谢混问羊孚：“何以器举瑚琏？”羊曰：“故当以为接神之器。”

一百零六

桓玄既篡位，后御床微陷，群臣失色。侍中殷仲文进曰：“当由圣德渊重，厚地所以不能载。”时人善之。

一百零七

桓玄既篡位，将改置直馆，问左右：“虎贲中郎省，应在何处？”有人答曰：“无省。”当时殊忤旨。问：“何以知无？”答曰：“潘岳《秋兴赋叙》曰：‘余兼虎贲中郎将，寓直散骑之省。’”玄咨嗟称善。

一百零八

谢灵运好戴曲柄笠，孔隐士谓曰：“卿欲希心高远，何不能遗曲盖之貌？”谢答曰：“将不畏影者未能忘怀。”

卷上之下

政事第三

一

陈仲弓为太丘长，时吏有诈称母病求假。事觉收之，令吏杀焉。主簿请付狱，考众奸。仲弓曰：“欺君不忠，病母不孝。不忠不孝，其罪莫大。考求众奸，岂复过此？”

二

陈仲弓为太丘长，有劫贼杀财主，主者捕之。未至发所，道闻民有在草不起子者，回车往治之。主簿曰：“贼大，宜先按讨。”仲弓曰：“盗杀财主，何如骨肉相残？”

三

陈元方年十一时，候袁公。袁公问曰："贤家君在太丘，远近称之，何所履行？"元方曰："老父在太丘，强者绥之以德，弱者抚之以仁，恣其所安，久而益敬。"袁公曰："孤往者尝为邺令，正行此事。不知卿家君法孤？孤法卿父？"元方曰："周公、孔子，异世而出，周旋动静，万里如一。周公不师孔子，孔子亦不师周公。"

四

贺太傅作吴郡，初不出门。吴中诸强族轻之，乃题府门云："会稽鸡，不能啼。"贺闻故出行，至门反顾，索笔足之曰："不可啼，杀吴儿！"于是至诸屯邸，检校诸顾、陆役使官兵及藏逋亡，悉以事言上，罪者甚众。陆抗时为江陵都督，故下请孙皓，然后得释。

五

山公以器重朝望，年逾七十，犹知管时任。贵胜年少，若和、裴、王之徒，并共言咏。有署阁柱曰："阁东，有大牛，和峤鞅，裴楷鞧，王济剔嬲不得休。"或云潘尼作之。

六

贾充初定律令，与羊祜共咨太傅郑冲。冲曰："皋陶严明之旨，非仆暗懦所探。"羊曰："上意欲令小加弘润。"冲乃粗下意。

七

山司徒前后选，殆周遍百官，举无失才。凡所题目，皆如其言。唯用陆亮，是诏所用，与公意异，争之不从。亮亦寻为贿败。

八

嵇康被诛后，山公举康子绍为秘书丞。绍咨公出处，公曰："为君思之久矣！天地四时，犹有消息，而况人乎？"

九

王安期为东海郡，小吏盗池中鱼，纲纪推之。王曰："文王之囿，与众共之。池鱼复何足惜！"

十

王安期作东海郡，吏录一犯夜人来。王问："何处来？"云："从师家受书还，不觉日晚。"王曰："鞭挞宁越以立威名，恐非致理之本。"使吏送令归家。

十一

成帝在石头，任让在帝前戮侍中钟雅、右卫将军刘超。帝泣曰："还我侍中！"让不奉诏，遂斩超、雅。事平之后，陶公与让有旧，欲宥之。许柳儿思妣者至佳，诸公欲全之。若全思妣，则不得不为陶全让，于是欲并宥之。事奏，帝曰："让是杀我侍中者，不可宥！"诸公以少主不可违，并斩二人。

十二

王丞相拜扬州，宾客数百人并加沾接，人人有说色。唯有临海一客姓任及数胡人为未洽，公因便还到过任边云："君出，临海便无复人。"任大喜说。因过胡人前弹指云："兰阇，兰阇。"群胡同笑，四坐并欢。

十三

陆太尉诣王丞相咨事，过后辄翻异。王公怪其如此，后以问陆。陆曰：“公长民短，临时不知所言，既后觉其不可耳。”

十四

丞相尝夏月至石头看庾公。庾公正料事，丞相云：“暑可小简之。”庾公曰：“公之遗事，天下亦未以为允。”

十五

丞相末年，略不复省事，正封箓诺之。自叹曰：“人言我愦愦，后人当思此愦愦。”

十六

陶公性检厉，勤于事。作荆州时，敕船官悉录锯木屑，不限多少，咸不解此意。后正会，值积雪始晴，听事前除雪后犹湿，于是悉用木屑覆之，都无所妨。官用竹皆令录厚头，积之如山。后桓宣武伐蜀，装船，悉以作钉。又云：尝发所在竹篙，有一官长连根取之，仍当足，乃超两阶用之。

十七

何骠骑作会稽，虞存弟謇作郡主簿，以何见客劳损，欲白断常客，使家人节量，择可通者，作白事成以见存。存时为何上佐，正与謇共食，语云，“白事甚好，待我食毕作教。”食竟，取笔题白事后云：“若得门庭长如郭林宗者，当如所白。汝何处得此人？”謇于是止。

十八

王、刘与林公共看何骠骑，骠骑看文书不顾之。王谓何曰："我今故与林公来相看，望卿摆拨常务，应对玄言，那得方低头看此邪？"何曰："我不看此，卿等何以得存？"诸人以为佳。

十九

桓公在荆州，全欲以德被江、汉，耻以威刑肃物。令史受杖，正从朱衣上过。桓式年少，从外来，云："向从阁下过，见令史受杖，上捎云根，下拂地足。"意讥不著。桓公云："我犹患其重。"

二十

简文为相，事动经年，然后得过。桓公甚患其迟，常加劝免。太宗曰："一日万机，那得速！"

二十一

山遐去东阳，王长史就简文索东阳云："承藉猛政，故可以和静致治。"

二十二

殷浩始作扬州，刘尹行，日小欲晚，便使左右取襆，人问其故，答曰："刺史严，不敢夜行。"

二十三

谢公时，兵厮逋亡，多近窜南塘下诸舫中。或欲求一时搜索，谢公不许，云："若不容置此辈，何以为京都？"

二十四

王大为吏部郎，尝作选草，临当奏，王僧弥来，聊出示之。僧弥得便以己意改易所选者近半，王大甚以为佳，更写即奏。

二十五

王东亭与张冠军善。王既作吴郡，人问小令曰：“东亭作郡，风政何似？”答曰：“不知治化何如，唯与张祖希情好日隆耳。”

二十六

殷仲堪当之荆州，王东亭问曰：“德以居全为称，仁以不害物为名。方今宰牧华夏，处杀戮之职，与本操将不乖乎？”殷答曰：“皋陶造刑辟之制，不为不贤；孔丘居司寇之任，未为不仁。”

文学第四

一

郑玄在马融门下，三年不得相见，高足弟子传授而已。尝算浑天不合，诸弟子莫能解。或言玄能者，融召令算，一转便决，众咸骇服。及玄业成辞归，既而融有“礼乐皆东”之叹。恐玄擅名而心忌焉。玄亦疑有追，乃坐桥下，在水上据屐。融果转式逐之，告左右曰：“玄在土下水上而据木，此必死矣。”遂罢追，玄竟以得免。

二

郑玄欲注《春秋传》，尚未成时，行与服子慎遇宿客舍，先未相识，服在外车上与人说己注《传》意。玄听之良久，多与己同。玄就车与语曰：“吾久欲注，尚未了。听君向言，多与吾同。今当尽以所注与君。”遂为服氏《注》。

三

郑玄家奴婢皆读书。尝使一婢，不称旨，将挞之。方自陈说，玄怒，使人曳箸泥中。须臾，复有一婢来，问曰：“胡为乎泥中？”答曰：“薄言往愬，逢彼之怒。”

四

服虔既善《春秋》，将为注，欲参考同异；闻崔烈集门生讲传，遂匿姓名，为烈门人赁作食。每当至讲时，辄窃听户壁间。既知不能逾己，稍共诸生叙其短长。烈闻，不测何人，然素闻虔名，意疑之。明蚤往，及未寤，便呼："子慎！子慎！"虔不觉惊应，遂相与友善。

五

钟会撰《四本论》始毕，甚欲使嵇公一见。置怀中，既定，畏其难，怀不敢出，于户外遥掷，便回急走。

六

何晏为吏部尚书，有位望，时谈客盈坐，王弼未弱冠往见之。晏闻弼名，因条向者胜理语弼曰："此理仆以为极，可得复难不？"弼便作难，一坐人便以为屈，于是弼自为客主数番，皆一坐所不及。

七

何平叔注《老子》，始成，诣王辅嗣。见王《注》精奇，乃神伏曰："若斯人，可与论天人之际矣！"因以所注为《道德二论》。

八

王辅嗣弱冠诣裴徽，徽问曰："夫无者，诚万物之所资，圣人莫肯致言，而老子申之无已，何邪？"弼曰："圣人体无，无又不可以训，故言必及有；老、庄未免于有，恒训其所不足。"

九

傅嘏善言虚胜，每至共语，有争而不相喻。裴冀州释二家之义，通彼我之怀，常使两情皆得，彼此俱畅。

十

何晏注《老子》未毕，见王弼自说注《老子》旨。何意多所短，不复得作声，但应诺诺，遂不复注，因作《道德论》。

十一

中朝时，有怀道之流，有诣王夷甫咨疑者。值王昨已语多，小极，不复相酬答，乃谓客曰："身今少恶，裴逸民亦近在此，君可往问。"

十二

裴成公作《崇有论》，时人攻难之，莫能折。唯王夷甫来，如小屈。时人即以王理难裴，理还复申。

十三

诸葛厷年少不肯学问。始与王夷甫谈，便已超诣。王叹曰："卿天才卓出，若复小加研寻，一无所愧。"厷后看《庄》《老》，更与王语，便足相抗衡。

十四

卫玠总角时问乐令"梦"，乐云"是想"。卫曰："形神所不接而梦，岂是想邪？"乐云："因也。未尝梦乘车入鼠穴，捣齑啖铁杵，皆无想无因故也。”卫思“因”，经日不得，遂成病。乐闻，故命驾为剖析之。卫既小差。乐叹曰：“此儿胸中当必无膏肓之疾！”

十五

庾子嵩读《庄子》，开卷一尺许便放去，曰：“了不异人意。”

十六

客问乐令“旨不至”者，乐亦不复剖析文句，直以麈尾柄确几曰：“至不？”客曰：“至！”乐因又举麈尾曰：“若至者，那得去？”于是客乃悟服。乐辞约而旨达，皆此类。

十七

初，注《庄子》者数十家，莫能究其旨要。向秀于旧注外为解义，妙析奇致，大畅玄风。唯《秋水》《至乐》二篇未竟而秀卒。秀子幼，义遂零落，然犹有别本。郭象者，为人薄行，有俊才。见秀义不传于世，遂窃以为己注。乃自注《秋水》《至乐》二篇，又易《马蹄》一篇，其余众篇，或定点文句而已。后秀义别本出，故今有向、郭二《庄》，其义一也。

十八

阮宣子有令闻，太尉王夷甫见而问曰：“老、庄与圣教同异？”对曰：“将无同？”太尉善其言，辟之为掾。世谓“三语掾”。卫玠嘲之曰：“一言可辟，何假于三？”宣子曰：“苟是天下人望，亦可无言而辟，复何假一？”遂相与为友。

十九

裴散骑娶王太尉女。婚后三日，诸婿大会，当时名士，王、裴子弟悉集。郭子玄在坐，挑与裴谈。子玄才甚丰赡，始数交未快。郭陈张甚盛，裴徐理前语，理致甚微，四坐咨嗟称快。王亦以为奇，谓诸人曰："君辈勿为尔，将受困寡人女婿！"

二十

卫玠始度江，见王大将军。因夜坐，大将军命谢幼舆。玠见谢，甚说之，都不复顾王，遂达旦微言。王永夕不得豫。玠体素羸，恒为母所禁。尔夕忽极，于此病笃，遂不起。

二十一

旧云：王丞相过江左，止道《声无哀乐》《养生》《言尽意》，三理而已。然宛转关生，无所不入。

二十二

殷中军为庾公长史，下都，王丞相为之集，桓公、王长史、王蓝田、谢镇西并在。丞相自起解帐带麈尾，语殷曰："身今日当与君共谈析理。"既共清言，遂达三更。丞相与殷共相往反，其余诸贤，略无所关。既彼我相尽，丞相乃叹曰："向来语，乃竟未知理源所归，至于辞喻不相负。正始之音，正当尔耳！"明旦，桓宣武语人曰："昨夜听殷、王清言甚佳，仁祖亦不寂寞，我亦时复造心，顾看两王掾，辄翣如生母狗馨。"

二十三

殷中军见佛经云："理亦应阿堵上。"

二十四

谢安年少时，请阮光禄道《白马论》。为论以示谢，于时谢不即解阮语，重相咨尽。阮乃叹曰："非但能言人不可得，正索解人亦不可得！"

二十五

褚季野语孙安国云："北人学问，渊综广博。"孙答曰："南人学问，清通简要。"支道林闻之曰："圣贤固所忘言。自中人以还，北人看书，如显处视月；南人学问，如牖中窥日。"

二十六

刘真长与殷渊源谈，刘理如小屈，殷曰："恶卿不欲作将善云梯仰攻？"

二十七

殷中军云："康伯未得我牙后慧。"

二十八

谢镇西少时，闻殷浩能清言，故往造之。殷未过有所通，为谢标榜诸义，作数百语。既有佳致，兼辞条丰蔚，甚足以动心骇听。谢注神倾意，不觉流汗交面。殷徐语左右："取手巾与谢郎拭面。"

二十九

宣武集诸名胜讲《易》，日说一卦。简文欲听，闻此便还。曰：“义自当有难易，其以一卦为限邪？”

三十

有北来道人好才理，与林公相遇于瓦官寺，讲《小品》。于时竺法深、孙兴公悉共听。此道人语，屡设疑难，林公辩答清析，辞气俱爽。此道人每辄摧屈。孙问深公：“上人当是逆风家，向来何以都不言？”深公笑而不答。林公曰：“白旃檀非不馥，焉能逆风？”深公得此义，夷然不屑。

三十一

孙安国往殷中军许共论，往反精苦，客主无间。左右进食，冷而复暖者数四。彼我奋掷麈尾，悉脱落，满餐饭中。宾主遂至莫忘食。殷乃语孙曰：“卿莫作强口马，我当穿卿鼻。”孙曰：“卿不见决鼻牛，人当穿卿颊。”

三十二

《庄子·逍遥篇》，旧是难处，诸名贤所可钻味，而不能拔理于郭、向之外。支道林在白马寺中，将冯太常共语，因及《逍遥》。支卓然标新理于二家之表，立异义于众贤之外，皆是诸名贤寻味之所不得。后遂用支理。

三十三

殷中军尝至刘尹所清言。良久，殷理小屈，游辞不已，刘亦不复答。殷去后，乃云：“田舍儿，强学人作尔馨语。”

三十四

殷中军虽思虑通长，然于《才性》偏精。忽言及《四本》，便苦汤池铁城，无可攻之势。

三十五

支道林造《即色论》，论成，示王中郎，中郎都无言。支曰：“默而识之乎？”王曰：“既无文殊，谁能见赏？”

三十六

王逸少作会稽，初至，支道林在焉。孙兴公谓王曰：“支道林拔新领异，胸怀所及乃自佳，卿欲见不？”王本自有一往隽气，殊自轻之。后孙与支共载往王许，王都领域，不与交言。须臾支退，后正值王当行，车已在门。支语王曰：“君未可去，贫道与君小语。”因论《庄子·逍遥游》。支作数千言，才藻新奇，花烂映发。王遂披襟解带，留连不能已。

三十七

三乘佛家滞义，支道林分判，使三乘炳然。诸人在下坐听，皆云可通。支下坐，自共说，正当得两，入三便乱。今义弟子虽传，犹不尽得。

三十八

许掾年少时，人以比王苟子，许大不平。时诸人士及于法师并在会稽西寺讲，王亦在焉。许意甚忿，便往西寺与王论理，共决优劣。苦相折挫，王遂大屈。许复执王理，王执许理，更相覆疏，王复屈。许谓支法师曰："弟子向语何似？"支从容曰："君语佳则佳矣，何至相苦邪？岂是求理中之谈哉！"

三十九

林道人诣谢公，东阳时始总角，新病起，体未堪劳。与林公讲论，遂至相苦。母王夫人在壁后听之，再遣信令还，而太傅留之。王夫人因自出云："新妇少遭家难，一生所寄，唯在此儿。"因流涕抱儿以归。谢公语同坐曰："家嫂辞情慷慨，致可传述，恨不使朝士见。"

四十

支道林、许掾诸人共在会稽王斋头。支为法师，许为都讲。支通一义，四坐莫不厌心。许送一难，众人莫不抃舞。但共嗟咏二家之美，不辩其理之所在。

四十一

谢车骑在安西艰中，林道人往就语，将夕乃退。有人道上见者，问云："公何处来？"答云："今日与谢孝剧谈一出来。"

四十二

支道林初从东出，住东安寺中。王长史宿构精理，并撰其才藻，往与支语，不大当对。王叙致作数百语，自谓是名理奇藻。支徐徐谓曰："身与君别多年，君义言了不长进。"王大惭而退。

四十三

殷中军读《小品》，下二百签，皆是精微，世之幽滞。尝欲与支道林辩之，竟不得。今《小品》犹存。

四十四

佛经以为祛练神明，则圣人可致。简文云："不知便可登峰造极不？然陶练之功，尚不可诬。"

四十五

于法开始与支公争名，后情渐归支，意甚不忿，遂遁迹剡下。遣弟子出都，语使过会稽。于时支公正讲《小品》。开戒弟子："道林讲，比汝至，当在某品中。"因示语攻难数十番，云："旧此中不可复通。"弟子如言诣支公。正值讲，因谨述开意。往反多时，林公遂屈。厉声曰："君何足复受人寄载！"

四十六

殷中军问："自然无心于禀受，何以正善人少，恶人多？"诸人莫有言者。刘尹答曰："譬如写水著地，正自纵横流漫，略无正方圆者。"一时绝叹，以为名通。

四十七

康僧渊初过江，未有知者，恒周旋市肆，乞索以自营。忽往殷渊源许，值盛有宾客，殷使坐，粗与寒温，遂及义理。语言辞旨，曾无愧色。领略粗举，一往参诣。由是知之。

四十八

殷、谢诸人共集。谢因问殷："眼往属万形，万形来入眼不？"

四十九

人有问殷中军："何以将得位而梦棺器，将得财而梦矢秽？"殷曰："官本是臭腐，所以将得而梦棺尸；财本是粪土，所以将得而梦秽污。"时人以为名通。

五十

殷中军被废东阳，始看佛经。初视《维摩诘》，疑"般若波罗密"太多，后见《小品》，恨此语少。

五十一

支道林、殷渊源俱在相王许。相王谓二人："可试一交言。而《才性》殆是渊源崤、函之固，君其慎焉！"支初作，改辙远之，数四交，不觉入其玄中。相王抚肩笑曰："此自是其胜场，安可争锋！"

五十二

谢公因子弟集聚，问《毛诗》何句最佳？遏称曰："昔我往矣，杨柳依依；今我来思，雨雪霏霏。"公曰："讦谟定命，远猷辰告。"谓此句偏有雅人深致。

五十三

张凭举孝廉出都，负其才气，谓必参时彦。欲诣刘尹，乡里及同举者共笑之。张遂诣刘。刘洗濯料事，处之下坐，唯通寒暑，神意不接。张欲自发无端。顷之，长史诸贤来清言。客主有不通处，张乃遥于末坐判之，言约旨远，足畅彼我之怀，一坐皆惊。真长延之上坐，清言弥日，因留宿至晓。张退，刘曰："卿且去，正当取卿共诣抚军。"张还船，同侣问何处宿？张笑而不答。须臾，真长遣传教觅张孝廉船，同侣惋愕。即同载诣抚军。至门，刘前进谓抚军曰："下官今日为公得一太常博士妙选！"既前，抚军与之话言，咨嗟称善曰："张凭勃窣理窟。"即用为太常博士。

五十四

汰法师云："六通、三明同归，正异名耳。"

五十五

支道林、许、谢盛德，共集王家。谢顾谓诸人："今日可谓彦会，时既不可留，此集固亦难常。当共言咏，以写其怀。"许便问主人有《庄子》不？正得《渔父》一篇。谢看题，便各使四坐通。支道林先通，作七百许语，叙致精丽，才藻奇拔，众咸称善。于是四坐各言怀毕。谢问曰："卿等尽不？"皆曰："今日之言，少不自竭。"谢后粗难，因自叙其意，作万余语，才峰秀逸。既自难干，加意气拟托，萧然自得，四坐莫不厌心。支谓谢曰："君一往奔诣，故复自佳耳。"

五十六

殷中军、孙安国、王、谢能言诸贤，悉在会稽王许。殷与孙共论《易》象妙于见形。孙语道合，意气干云。一坐咸不安孙理，而辞不能屈。会稽王慨然叹曰："使真长来，故应有以制彼。"既迎真长，孙意已不如。真长既至，先令孙自叙本理。孙粗说己语，亦觉殊不及向。刘便作二百许语，辞难简切，孙理遂屈。一坐同时拊掌而笑，称美良久。

五十七

僧意在瓦官寺中，王苟子来，与共语，便使其唱理。意谓王曰：“圣人有情不？”王曰：“无。”重问曰：“圣人如柱邪？”王曰：“如筹算，虽无情，运之者有情。”僧意云：“谁运圣人邪？”苟子不得答而去。

五十八

司马太傅问谢车骑：“惠子其书五车，何以无一言入玄？”谢曰：“故当是其妙处不传”。

五十九

殷中军被废，徙东阳，大读佛经，皆精解。唯至“事数”处不解。遇见一道人，问所签，便释然。

六十

殷仲堪精核玄论，人谓莫不研究。殷乃叹曰：“使我解《四本》，谈不翅尔。”

六十一

殷荆州曾问远公：“《易》以何为体？”答曰：“《易》以感为体。”殷曰：“铜山西崩，灵钟东应，便是《易》耶？”远公笑而不答。

六十二

羊孚弟娶王永言女。及王家见婿，孚送弟俱往。时永言父东阳尚在，殷仲堪是东阳女婿，亦在坐。孚雅善理义，乃与仲堪道《齐物》。殷难之，羊云："君四番后，当得见同。"殷笑曰："乃可得尽，何必相同？"乃至四番后一通。殷咨嗟曰："仆便无以相异。"叹为新拔者久之。

六十三

殷仲堪云："三日不读《道德经》，便觉舌本间强。"

六十四

提婆初至，为东亭第讲《阿毗昙》。始发讲，坐裁半，僧弥便云："都已晓。"即于坐分数四有意道人，更就余屋自讲。提婆讲竟，东亭问法冈道人曰："弟子都未解，阿弥那得已解？所得云何？"曰："大略全是，故当小未精核耳。"

六十五

桓南郡与殷荆州共谈，每相攻难。年余后，但一两番。桓自叹才思转退。殷云："此乃是君转解。"

六十六

文帝尝令东阿王七步中作诗，不成者行大法。应声便为诗曰："煮豆持作羹，漉菽以为汁。萁在釜下然，豆在釜中泣。本自同根生，相煎何太急？"帝深有惭色。

六十七

魏朝封晋文王为公，备礼九锡，文王固让不受。公卿将校当诣府敦喻。司空郑冲驰遣信就阮籍求文。籍时在袁孝尼家，宿醉扶起，书札为之，无所点定，乃写付使。时人以为神笔。

六十八

左太冲作《三都赋》初成，时人互有讥訾，思意不惬。后示张公。张曰：“此二京可三，然君文未重于世，宜以经高名之士。”思乃询求于皇甫谧。谧见之嗟叹，遂为作《叙》。于是先相非贰者，莫不敛衽赞述焉。

六十九

刘伶著《酒德颂》，意气所寄。

七十

乐令善于清言，而不长于手笔。将让河南尹，请潘岳为表。潘云：“可作耳。要当得君意。”乐为述己所以为让，标位二百许语。潘直取错综，便成名笔。时人咸云：“若乐不假潘之文，潘不取乐之旨，则无以成斯矣。”

七十一

夏侯湛作《周诗》成，示潘安仁。安仁曰：“此非徒温雅，乃别见孝悌之性。”潘因此遂作《家风诗》。

七十二

孙子荆除妇服，作诗以示王武子。王曰：“未知文生于情，情生于文。览之凄然，增伉俪之重。”

七十三

太叔广甚辩给，而挚仲治长于翰墨，俱为列卿。每至公坐，广谈，仲治不能对。退著笔难广，广又不能答。

七十四

江左殷太常父子并能言理，亦有辩讷之异。扬州口谈至剧，太常辄云：“汝更思吾论。”

七十五

庾子嵩作《意赋》成，从子文康见，问曰：“若有意邪，非赋之所尽；若无意邪，复何所赋？”答曰：“正在有意无意之间。”

七十六

郭景纯诗云：“林无静树，川无停流。”阮孚云：“泓峥萧瑟，实不可言。每读此文，辄觉神超形越。”

七十七

庾阐始作《扬都赋》，道温、庾云：“温挺义之标，庾作民之望。方响则金声，比德则玉亮。”庾公闻赋成，求看，兼赠贶之。阐更改“望”为“俊”，以“亮”为“润”云。

七十八

孙兴公作《庾公诔》。袁羊曰："见此张缓。"于时以为名赏。

七十九

庾仲初作《扬都赋》成，以呈庾亮。亮以亲族之怀，大为其名价云："可三《二京》，四《三都》。"于此人人竞写，都下纸为之贵。谢太傅云："不得尔。此是屋下架屋耳，事事拟学，而不免俭狭。"

八十

习凿齿史才不常，宣武甚器之，未三十，便用为荆州治中。凿齿谢笺亦云："不遇明公，荆州老从事耳！"后至都见简文，返命，宣武问："见相王何如？"答云："一生不曾见此人！"从此忤旨，出为衡阳郡，性理遂错。于病中犹作《汉晋春秋》，品评卓逸。

八十一

孙兴公云："《三都》《二京》，五经鼓吹。"

八十二

谢太傅问主簿陆退："张凭何以作母诔，而不作父诔？"退答曰："故当是丈夫之德，表于事行；妇人之美，非诔不显。"

八十三

王敬仁年十三，作《贤人论》。长史送示真长，真长答云："见敬仁所作论，便足参微言。"

八十四

孙兴公云：“潘文烂若披锦，无处不善；陆文若排沙简金，往往见宝。”

八十五

简文称许掾云：“玄度五言诗，可谓妙绝时人。”

八十六

孙兴公作《天台赋》成，以示范荣期，云：“卿试掷地，要作金石声。”范曰：“恐子之金石，非宫商中声！”然每至佳句，辄云：“应是我辈语。”

八十七

桓公见谢安石作简文谥议，看竟，掷与坐上诸客曰：“此是安石碎金。”

八十八

袁虎少贫，尝为人佣载运租。谢镇西经船行，其夜清风朗月，闻江渚间估客船上有咏诗声，甚有情致。所诵五言，又其所未尝闻，叹美不能已。即遣委曲讯问，乃是袁自咏其所作《咏史诗》。因此相要，大相赏得。

八十九

孙兴公云：“潘文浅而净，陆文深而芜。”

九十

裴郎作《语林》，始出，大为远近所传。时流年少，无不传写，各有一通。载王东亭作《经王公酒垆下赋》，甚有才情。

九十一

谢万作《八贤论》，与孙兴公往反，小有利钝。谢后出以示顾君齐，顾曰："我亦作，知卿当无所名。"

九十二

桓宣武命袁彦伯作《北征赋》，既成，公与时贤共看，咸嗟叹之。时王珣在坐云："恨少一句，得'写'字足韵，当佳。"袁即于坐揽笔益云："感不绝于余心，泝流风而独写。"公谓王曰："当今不得不以此事推袁。"

九十三

孙兴公道曹辅佐才如白地明光锦，裁为负版绔，非无文采，酷无裁制。

九十四

袁彦伯作《名士传》成，见谢公。公笑曰："我尝与诸人道江北事，特作狡狯耳！彦伯遂以箸书。"

九十五

王东亭到桓公吏，既伏阁下，桓令人窃取其白事。东亭即于阁下更作，无复向一字。

九十六

桓宣武北征，袁虎时从，被责免官。会须露布文，唤袁倚马前令作。手不辍笔，俄得七纸，殊可观。东亭在侧，极叹其才。袁虎云：“当令齿舌间得利。”

九十七

袁宏始作《东征赋》，都不道陶公。胡奴诱之狭室中，临以白刃，曰：“先公勋业如是！君作《东征赋》，云何相忽略？”宏窘蹙无计，便答：“我大道公，何以云无？”因诵曰：“精金百炼，在割能断。功则治人，职思靖乱。长沙之勋，为史所赞。”

九十八

或问顾长康：“君《筝赋》何如嵇康《琴赋》？”顾曰：“不赏者，作后出相遗。深识者，亦以高奇见贵。”

九十九

殷仲文天才宏赡，而读书不甚广，博亮叹曰：“若使殷仲文读书半袁豹，才不减班固。”

一百

羊孚作《雪赞》云：“资清以化，乘气以霏。遇象能鲜，即洁成辉。”桓胤遂以书扇。

一百零一

王孝伯在京，行散至其弟王睹户前，问：“古诗中何句为最？”

睹思未答。孝伯咏“所遇无故物，焉得不速老！”：“此句为佳。”

一百零二

桓玄尝登江陵城南楼云：“我今欲为王孝伯作诔。”因吟啸良久，随而下笔。一坐之间，诔以之成。

一百零三

桓玄初并西夏，领荆、江二州，二府一国。于时始雪，五处俱贺，五版并入。玄在听事上，版至即答版后，皆粲然成章，不相揉杂。

一百零四

桓玄下都，羊孚时为兖州别驾，从京来诣门，笺云：“自顷世故睽离，心事沦蕰。明公启晨光于积晦，澄百流以一源。”桓见笺，驰唤前，云：“子道，子道，来何迟？”即用为记室参军。孟昶为刘牢之主簿，诣门谢，见云：“羊侯，羊侯，百口赖卿！”

卷中之上

方正第五

一

陈太丘与友期行，期日中。过中不至，太丘舍去，去后乃至。元方时年七岁，门外戏。客问元方："尊君在不？"答曰："待君久不至，已去。"友人便怒曰："非人哉！与人期行，相委而去。"元方曰："君与家君期日中。日中不至，则是无信；对子骂父，则是无礼。"友人惭，下车引之。元方入门不顾。

二

南阳宗世林，魏武同时，而甚薄其为人，不与之交。及魏武作司空，总朝政，从容问宗曰："可以交未？"答曰："松柏之志犹存。"世林既以忤旨见疏，位不配德。文帝兄弟每造其门，皆独拜床下，其见礼如此。

三

魏文帝受禅，陈群有慽容。帝问曰："朕应天受命，卿何以不乐？"群曰："臣与华歆，服膺先朝，今虽欣圣化，犹义形于色。"

四

郭淮作关中都督，甚得民情，亦屡有战庸。淮妻，太尉王凌之妹，坐凌事当并诛。使者征摄甚急，淮使戒装，克日当发。州府文武及百姓劝淮举兵，淮不许。至期，遣妻，百姓号泣追呼者数万人。行数十里，淮乃命左右追夫人还，于是文武奔驰，如徇身首之急。既至，淮与宣帝书曰："五子哀恋，思念其母，其母既亡，则无五子。五子若殒，亦复无淮。"宣帝乃表，特原淮妻。

五

诸葛亮之次渭滨，关中震动。魏明帝深惧晋宣王战，乃遣辛毗为军司马。宣王既与亮对渭而陈，亮设诱谲万方。宣王果大忿，将欲应之以重兵。亮遣间谍觇之，还曰："有一老夫，毅然仗黄钺，当军门立，军不得出。"亮曰："此必辛佐治也。"

六

夏侯玄既被桎梏，时钟毓为廷尉，钟会先不与玄相知，因便狎之。玄曰："虽复刑余之人，未敢闻命！"考掠初无一言，临刑东市，颜色不异。

七

夏侯泰初与广陵陈本善。本与玄在本母前宴饮，本弟骞行还，径入，至堂户。泰初因起曰：“可得同，不可得而杂。”

八

高贵乡公薨，内外喧哗。司马文王问侍中陈泰曰：“何以静之？”泰云：“唯杀贾充，以谢天下。”文王曰：“可复下此不？”对曰：“但见其上，未见其下。”

九

和峤为武帝所亲重，语峤曰：“东宫顷似更成进，卿试往看。”还问：“何如？”答云：“皇太子圣质如初。”

十

诸葛靓后入晋，除大司马，召不起。以与晋室有雠，常背洛水而坐。与武帝有旧，帝欲见之而无由，乃请诸葛妃呼靓。既来，帝就太妃间相见。礼毕，酒酣，帝曰：“卿故复忆竹马之好不？”靓曰：“臣不能吞炭漆身，今日复睹圣颜。”因涕泗百行。帝于是惭悔而出。

十一

武帝语和峤曰：“我欲先痛骂王武子，然后爵之。”峤曰：“武子俊爽，恐不可屈。”帝遂召武子，苦责之，因曰：“知愧不？”武子曰：“‘尺布斗粟’之谣，常为陛下耻之！它人能令疏亲，臣不能使亲疏，以此愧陛下。”

十二

杜预之荆州，顿七里桥，朝士悉祖。预少贱，好豪侠，不为物所许。杨济既名氏，雄俊不堪，不坐而去。须臾，和长舆来，问："杨右卫何在？"客曰："向来，不坐而去。"长舆曰："必大夏门下盘马。"往大夏门，果大阅骑，长舆抱内车，共载归，坐如初。

十三

杜预拜镇南将军，朝士悉至，皆在连榻坐。时亦有裴叔则。羊稚舒后至，曰："杜元凯乃复连榻坐客！"不坐便去。杜请裴追之，羊去数里住马，既而俱还杜许。

十四

晋武帝时，荀勖为中书监，和峤为令。故事，监、令由来共车。峤性雅正，常疾勖谄谀。后公车来，峤便登，正向前坐，不复容勖。勖方更觅车，然后得去。监、令各给车自此始。

十五

山公大儿著短帢，车中倚。武帝欲见之，山公不敢辞，问儿，儿不肯行。时论乃云胜山公。

十六

向雄为河内主簿，有公事不及雄，而太守刘淮横怒，遂与杖遣之。雄后为黄门郎，刘为侍中，初不交言。武帝闻之，敕雄复君臣之好，雄不得已，诣刘，再拜曰："向受诏而来，而君臣之义绝，何如？"于是即去。武帝闻尚不和，乃怒问雄曰："我令卿复君臣之好，何以犹绝？”雄曰：“古之君子，进人以礼，退人以礼；今之君子，进人若将加诸膝，退人若将坠诸渊。臣于刘河内，不为戎首，亦已幸甚，安复为君臣之好？”武帝从之。

十七

齐王冏为大司马辅政，嵇绍为侍中，诣冏咨事。冏设宰会，召葛旟董艾等共论时宜。旟等白冏：“嵇侍中善于丝竹，公可令操之。”遂送乐器。绍推却不受。冏曰：“今日共为欢，卿何却邪？”绍曰：“公协辅皇室，令作事可法。绍虽官卑，职备常伯。操丝比竹，盖乐官之事，不可以先王法服，为伶人之业。今逼高命，不敢苟辞，当释冠冕，袭私服，此绍之心也。”旟等不自得而退。

十八

卢志于众坐问陆士衡：“陆逊、陆抗，是君何物？”答曰：“如卿于卢毓、卢珽。”士龙失色。既出户，谓兄曰：“何至如此，彼容不相知也？”士衡正色曰：“我父祖名播海内，宁有不知，鬼子敢尔！”议者疑二陆优劣，谢公以此定之。

十九

羊忱性甚贞烈。赵王伦为相国，忱为太傅长史，乃版以参相国军事。使者卒至，忱深惧豫祸，不暇被马，于是帖骑而避。使者追之，忱善射，矢左右发，使者不敢进，遂得免。

二十

王太尉不与庾子嵩交，庾卿之不置。王曰：“君不得为尔。”庾曰：“卿自君我，我自卿卿。我自用我法，卿自用卿法。”

二十一

阮宣子伐社树，有人止之。宣子曰："社而为树，伐树则社亡；树而为社，伐树则社移矣。"

二十二

阮宣子论鬼神有无者，或以人死有鬼，宣子独以为无，曰："今见鬼者云，箸生时衣服，若人死有鬼，衣服复有鬼邪？"

二十三

元皇帝既登阼，以郑后之宠，欲舍明帝而立简文。时议者咸谓："舍长立少，既于理非伦，且明帝以聪亮英断，益宜为储副。"周、王诸公，并苦争恳切。唯刁玄亮独欲奉少主，以阿帝旨。元帝便欲施行，虑诸公不奉诏。于是先唤周侯、丞相入，然后欲出诏付刁。周、王既入，始至阶头，帝逆遣传诏，遏使就东厢。周侯未悟，即却略下阶。丞相披拨传诏，径至御床前曰："不审陛下何以见臣。"帝默然无言，乃探怀中黄纸诏裂掷之。由此皇储始定。周侯方慨然愧叹曰："我常自言胜茂弘，今始知不如也！"

二十四

王丞相初在江左，欲结援吴人，请婚陆太尉。对曰："培塿无松柏，薰莸不同器。玩虽不才，义不为乱伦之始。"

二十五

诸葛恢大女适太尉庾亮儿，次女适徐州刺史羊忱儿。亮子被苏峻害，改适江虨。恢儿娶邓攸女。于时谢尚书求其小女婚。恢乃云：

“羊、邓是世婚，江家我顾伊，庾家伊顾我，不能复与谢裒儿婚。”及恢亡，遂婚。于是王右军往谢家看新妇，犹有恢之遗法，威仪端详，容服光整。王叹曰：“我在遣女裁得尔耳！”

二十六

周叔治作晋陵太守，周侯、仲智往别。叔治以将别，涕泗不止。仲智恚之曰：“斯人乃妇女，与人别唯啼泣！”便舍去。周侯独留，与饮酒言话，临别流涕，抚其背曰：“奴好自爱。”

二十七

周伯仁为吏部尚书，在省内夜疾危急。时刁玄亮为尚书令，营救备亲好之至，良久小损。明旦，报仲智，仲智狼狈来。始入户，刁下床对之大泣，说伯仁昨危急之状。仲智手批之，刁为辟易于户侧。既前，都不问病，直云：“君在中朝，与和长舆齐名，那与佞人刁协有情？”径便出。

二十八

王含作庐江郡，贪浊狼籍。王敦护其兄，故于众坐称：“家兄在郡定佳，庐江人士咸称之！”时何充为敦主簿，在坐，正色曰：“充即庐江人，所闻异于此！”敦默然。旁人为之反侧，充晏然，神意自若。

二十九

顾孟著尝以酒劝周伯仁，伯仁不受。顾因移劝柱，而语柱曰：“讵可便作栋梁自遇。”周得之欣然，遂为衿契。

三十

明帝在西堂，会诸公饮酒，未大醉，帝问："今名臣共集，何如尧、舜时？"周伯仁为仆射，因厉声曰："今虽同人主，复那得等于圣治！"帝大怒，还内，作手诏满一黄纸，遂付廷尉令收，因欲杀之。后数日，诏出周，群臣往省之。周曰："近知当不死，罪不足至此。"

三十一

王大将军当下，时咸谓无缘尔。伯仁曰："今主非尧、舜，何能无过？且人臣安得称兵以向朝廷？处仲狼抗刚愎，王平子何在？"

三十二

王敦既下，住船石头，欲有废明帝意。宾客盈坐，敦知帝聪明，欲以不孝废之。每言帝不孝之状，而皆云"温太真所说。温尝为东宫率，后为吾司马，甚悉之"。须臾，温来，敦便奋其威容，问温曰："皇太子作人何似？"温曰："小人无以测君子。"敦声色并厉，欲以威力使从己，乃重问温："太子何以称佳？"温曰："钩深致远，盖非浅识所测。然以礼侍亲，可称为孝。"

三十三

王大将军既反，至石头，周伯仁往见之。谓周曰："卿何以相负？"对曰："公戎车犯正，下官忝率六军，而王师不振，以此负公。"

三十四

苏峻既至石头，百僚奔散，唯侍中钟雅独在帝侧。或谓钟曰："见可而进，知难而退，古之道也。君性亮直，必不容于寇雠，何不用随时之宜、而坐待其弊邪？”钟曰：“国乱不能匡，君危不能济，而各逊遁以求免，吾惧董狐将执简而进矣！”

三十五

庾公临去，顾语钟后事，深以相委。钟曰：“栋折榱崩，谁之责邪？”庾曰：“今日之事，不容复言，卿当期克复之效耳！”钟曰：“想足下不愧荀林父耳。”

三十六

苏峻时，孔群在横塘为匡术所逼。王丞相保存术，因众坐戏语，令术劝酒，以释横塘之憾。群答曰：“德非孔子，厄同匡人。虽阳和布气，鹰化为鸠，至于识者，犹憎其眼。”

三十七

苏子高事平，王、庾诸公欲用孔廷尉为丹阳。乱离之后，百姓雕弊，孔慨然曰：“昔肃祖临崩，诸君亲升御床，并蒙眷识，共奉遗诏。孔坦疏贱，不在顾命之列。既有艰难，则以微臣为先，今犹俎上腐肉，任人脍截耳！”于是拂衣而去，诸公亦止。

三十八

孔车骑与中丞共行，在御道逢匡术，宾从甚盛，因往与车骑共语。中丞初不视，直云：“鹰化为鸠，众鸟犹恶其眼。”术大怒，便欲刃之。车骑下车，抱术曰：“族弟发狂，卿为我宥之！”始得全首领。

三十九

梅颐尝有惠于陶公。后为豫章太守，有事，王丞相遣收之。侃曰："天子富于春秋，万机自诸侯出，王公既得录，陶公何为不可放？"乃遣人于江口夺之。颐见陶公，拜，陶公止之。颐曰："梅仲真膝，明日岂可复屈邪？"

四十

王丞相作女伎，施设床席。蔡公先在坐，不说而去，王亦不留。

四十一

何次道、庾季坚二人并为元辅。成帝初崩，于时嗣君未定，何欲立嗣子，庾及朝议以外寇方强，嗣子冲幼，乃立康帝。康帝登阼，会群臣，谓何曰："朕今所以承大业，为谁之议？"何答曰："陛下龙飞，此是庾冰之功，非臣之力。于时用微臣之议，今不睹盛明之世。"帝有惭色。

四十二

江仆射年少，王丞相呼与共棋。王手尝不如两道许，而欲敌道戏，试以观之。江不即下，王曰："君何以不行？"江曰："恐不得尔。"傍有客曰："此年少戏乃不恶。"王徐举首曰："此年少非唯围棋见胜。"

四十三

孔君平疾笃，庾司空为会稽，省之，相问讯甚至，为之流涕。庾既下床，孔慨然曰："大丈夫将终，不问安国宁家之术，乃作儿女子相问！”庾闻，回谢之，请其话言。

四十四

桓大司马诣刘尹，卧不起。桓弯弹弹刘枕，丸迸碎床褥间。刘作色而起曰：“使君如馨地，宁可斗战求胜？”桓甚有恨容。

四十五

后来年少多有道深公者。深公谓曰：“黄吻年少，勿为评论宿士。昔尝与元明二帝、王庾二公周旋。”

四十六

王中郎年少时，江虨为仆射领选，欲拟之为尚书郎。有语王者，王曰：“自过江来，尚书郎正用第二人，何得拟我？”江闻而止。

四十七

王述转尚书令，事行便拜。文度曰：“故应让杜许。”蓝田云：“汝谓我堪此不？”文度曰：“何为不堪！但克让自是美事，恐不可阙。”蓝田慨然曰：“既云堪，何为复让？人言汝胜我，定不如我。”

四十八

孙兴公作《庾公诔》，文多托寄之辞。既成，示庾道恩。庾见，慨然送还之，曰：“先君与君，自不至于此。”

四十九

王长史求东阳，抚军不用。后疾笃，临终，抚军哀叹曰：“吾将负仲祖于此！”命用之。长史曰：“人言会稽王痴，真痴。”

五十

刘简作桓宣武别驾，后为东曹参军，颇以刚直见疏。尝听记，简都无言。宣武问：“刘东曹何以不下意？”答曰：“会不能用。”宣武亦无怪色。

五十一

刘真长、王仲祖共行，日旰未食。有相识小人贻其餐，肴案甚盛，真长辞焉。仲祖曰：“聊以充虚，何苦辞？”真长曰：“小人都不可与作缘。”

五十二

王修龄尝在东山，甚贫乏。陶胡奴为乌程令，送一船米遗之，却不肯取。直答语：“王修龄若饥，自当就谢仁祖索食，不须陶胡奴米。”

五十三

阮光禄赴山陵，至都，不往殷、刘许，过事便还。诸人相与追之，阮亦知时流必当逐己，乃遄疾而去，至方山不相及。刘尹时为会稽，乃叹曰：“我入，当泊安石渚下耳，不敢复近思旷傍。伊便能捉杖打人，不易。”

五十四

王、刘与桓公共至覆舟山看。酒酣后，刘牵脚加桓公颈。桓公甚不堪，举手拨去。既还，王长史语刘曰：“伊讵可以形色加人不？”

五十五

桓公问桓子野：“谢安石料万石必败，何以不谏？”子野答曰：“故当出于难犯耳！”桓作色曰：“万石挠弱凡才，有何严颜难犯？”

五十六

罗君章曾在人家，主人令与坐上客共语。答曰：“相识已多，不烦复尔。”

五十七

韩康伯病，拄杖前庭消摇。见诸谢皆富贵，轰隐交路，叹曰：“此复何异王莽时？”

五十八

王文度为桓公长史时，桓为儿求王女，王许咨蓝田。既还，蓝田爱念文度，虽长大犹抱著膝上。文度因言桓求己女婚。蓝田大怒，排文度下膝，曰：“恶见文度已复痴，畏桓温面？兵，那可嫁女与之！”文度还报云：“下官家中先得婚处。”桓公曰：“吾知矣，此尊府君不肯耳。”后桓女遂嫁文度儿。

五十九

王子敬数岁时，尝看诸门生樗蒲。见有胜负，因曰：“南风不竞。”门生辈轻其小儿，乃曰：“此郎亦管中窥豹，时见一斑。”子敬瞋目曰：“远惭荀奉倩，近愧刘真长！”遂拂衣而去。

六十

谢公闻羊绥佳，致意令来，终不肯诣。后绥为太学博士，因事见谢公，公即取以为主簿。

六十一

王右军与谢公诣阮公，至门语谢：“故当共推主人。”谢曰：“推人正自难。”

六十二

太极殿始成，王子敬时为谢公长史，谢送版，使王题之。王有不平色，语信云：“可掷箸门外。”谢后见王曰：“题之上殿何若？昔魏朝韦诞诸人，亦自为也。”王曰：“魏阼所以不长。”谢以为名言。

六十三

王恭欲请江卢奴为长史，晨往诣江，江犹在帐中。王坐，不敢即言，良久乃得及。江不应，直唤人取酒，自饮一碗，又不与王。王且笑且言：“那得独饮？”江云：“卿亦复须邪？”更使酌与王，王饮酒毕，因得自解去。未出户，江叹曰：“人自量，固为难。”

六十四

孝武问王爽：“卿何如卿兄？”王答曰：“风流秀出，臣不如恭，忠孝亦何可以假人！”

六十五

王爽与司马太傅饮酒。太傅醉，呼王为“小子”。王曰：“亡祖长史，与简文皇帝为布衣之交。亡姑、亡姊，伉俪二宫。何小子之有？”

六十六

张玄与王建武先不相识，后遇于范豫章许，范令二人共语。张因正坐敛衽，王孰视良久，不对。张大失望，便去。范苦譬留之，遂不肯住。范是王之舅，乃让王曰：“张玄，吴士之秀，亦见遇于时，而使至于此，深不可解。”王笑曰：“张祖希若欲相识，自应见诣。”范驰报张，张便束带造之。遂举觞对语，宾主无愧色。

雅量第六

一

豫章太守顾邵，是雍之子。邵在郡卒，雍盛集僚属，自围棋。外启信至，而无儿书，虽神气不变，而心了其故。以爪掐掌，血流沾褥。宾客既散，方叹曰："已无延陵之高，岂可有丧明之责？"于是豁情散哀，颜色自若。

二

嵇中散临刑东市，神气不变。索琴弹之，奏《广陵散》。曲终曰："袁孝尼尝请学此散，吾靳固不与，《广陵散》于今绝矣！"太学生三千人上书，请以为师，不许。文王亦寻悔焉。

三

夏侯太初尝倚柱作书。时大雨，霹雳破所倚柱，衣服焦然，神色无变，书亦如故。宾客左右，皆跌荡不得住。

四

王戎七岁，尝与诸小儿游。看道边李树多子折枝。诸儿竞走取之，唯戎不动。人问之，答曰："树在道边而多子，此必苦李。"取之，信然。

五

魏明帝于宣武场上断虎爪牙，纵百姓观之。王戎七岁，亦往看。虎承间攀栏而吼，其声震地，观者无不辟易颠仆。戎湛然不动，了无恐色。

六

王戎为侍中，南郡太守刘肇遗筒中笺布五端，戎虽不受，厚报其书。

七

裴叔则被收，神气无变，举止自若。求纸笔作书。书成，救者多，乃得免。后位仪同三司。

八

王夷甫尝属族人事，经时未行，遇于一处饮燕，因语之曰："近属尊事，那得不行？"族人大怒，便举樏掷其面。夷甫都无言，盥洗毕，牵王丞相臂，与共载去。在车中照镜语丞相曰："汝看我眼光，乃出牛背上。"

九

裴遐在周馥所，馥设主人。遐与人围棋，馥司马行酒。遐正戏，不时为饮。司马恚，因曳遐坠地。遐还坐，举止如常，颜色不变，复戏如故。王夷甫问遐："当时何得颜色不异?"答曰："直是暗当故耳。"

十

刘庆孙在太傅府，于时人士，多为所构。唯庾子嵩纵心事外，无迹可间。后以其性俭家富，说太傅令换千万，冀其有吝，于此可乘。太傅于众坐中问庾，庾时颓然已醉，帻坠几上，以头就穿取，徐答云："下官家故可有两娑千万，随公所取。"于是乃服。后有人向庾道此，庾曰："可谓以小人之虑，度君子之心。"

十一

王夷甫与裴景声志好不同。景声恶欲取之，卒不能回。乃故诣王，肆言极骂，要王答己，欲以分谤。王不为动色，徐曰："白眼儿遂作。"

十二

王夷甫长裴成公四岁，不与相知。时共集一处，皆当时名士，谓王曰："裴令令望何足计!"王便卿裴。裴曰："自可全君雅志。"

十三

有往来者云：庾公有东下意。或谓王公："可潜稍严，以备不虞。"王公曰："我与元规虽俱王臣，本怀布衣之好。若其欲来，吾角巾径还乌衣，何所稍严。"

十四

王丞相主簿欲检校帐下。公语主簿："欲与主簿周旋，无为知人几案间事。”

十五

祖士少好财，阮遥集好屐，并恒自经营。同是一累，而未判其得失。人有诣祖，见料视财物。客至，屏当未尽，余两小簏箸背后，倾身障之，意未能平。或有诣阮，见自吹火蜡屐，因叹曰：“未知一生当箸几量屐？”神色闲畅。于是胜负始分。

十六

许侍中、顾司空俱作丞相从事，尔时已被遇，游宴集聚，略无不同。尝夜至丞相许戏，二人欢极，丞相便命使入己帐眠。顾至晓回转，不得快孰。许上床便咍台大鼾。丞相顾诸客曰：“此中亦难得眠处。”

十七

庾太尉风仪伟长，不轻举止，时人皆以为假。亮有大儿数岁，雅重之质，便自如此，人知是天性。温太真尝隐幔怛之，此儿神色恬然，乃徐跪曰：“君侯何以为此？”论者谓不减亮。苏峻时遇害。或云：“见阿恭，知元规非假。”

十八

褚公于章安令迁太尉记室参军，名字已显而位微，人未多识。公东出，乘估客船，送故吏数人投钱唐亭住。尔时吴兴沈充为县令，当送客过浙江，客出，亭吏驱公移牛屋下。潮水至，沈令起彷徨，问：“牛屋下是何物？”吏云：“昨有一伧父来寄亭中，有尊贵客，权移之。”令有酒色，因遥问：“伧父欲食饼不？姓何等？可共语。”褚因举手答曰："河南褚季野。"远近久承公名，令于是大遽，不敢移公，便于牛屋下修刺诣公。更宰杀为馔，具于公前。鞭挞亭吏，欲以谢惭。公与之酌宴，言色无异，状如不觉。令送公至界。

十九

郗太傅在京口，遣门生与王丞相书，求女婿。丞相语郗信："君往东厢，任意选之。"门生归，白郗曰："王家诸郎，亦皆可嘉，闻来觅婿，咸自矜持。唯有一郎，在床上坦腹卧，如不闻。"郗公云："正此好！"访之，乃是逸少，因嫁女与焉。

二十

过江初，拜官，舆饰供馔。羊曼拜丹阳尹，客来蚤者，并得佳设。日晏渐罄，不复及精，随客早晚，不问贵贱。羊固拜临海，竟日皆美供。虽晚至，亦获盛馔。时论以固之丰华，不如曼之真率。

二十一

周仲智饮酒醉，瞋目还面谓伯仁曰："君才不如弟，而横得重名！"须臾，举蜡烛火掷伯仁。伯仁笑曰："阿奴火攻，固出下策耳！"

二十二

顾和始为扬州从事，月旦当朝，未入顷，停车州门外。周侯诣丞相，历和车边。和觅虱，夷然不动。周既过，反还，指顾心曰："此中何所有？"顾搏虱如故，徐应曰："此中最是难测地。"周侯既入，语丞相曰："卿州吏中有一令仆才。"

二十三

庾太尉与苏峻战，败，率左右十余人，乘人船西奔。乱兵相剥掠，射误中柂工，应弦而倒。举船上咸失色分散，亮不动容，徐曰：“此手那可使箸贼！”众乃安。

二十四

庾小征西尝出未还。妇母阮是刘万安妻，与女上安陵城楼上。俄顷翼归，策良马，盛舆卫。阮语女：“闻庾郎能骑，我何由得见？”妇告翼，翼便为于道开卤簿盘马，始两转，坠马堕地，意色自若。

二十五

宣武与简文、太宰共载，密令人在舆前后鸣鼓大叫。卤簿中惊扰，太宰惶怖求下舆。顾看简文，穆然清恬。宣武语人曰：“朝廷间故复有此贤。”

二十六

王劭、王荟共诣宣武，正值收庾希家。荟不自安，逡巡欲去；劭坚坐不动，待收信还，得不定乃出。论者以劭为优。

二十七

桓宣武与郗超议芟夷朝臣，条牒既定，其夜同宿。明晨起，呼谢安、王坦之入，掷疏示之，郗犹在帐内。谢都无言，王直掷还，云：多！宣武取笔欲除，郗不觉窃从帐中与宣武言。谢含笑曰：“郗生可谓入幕宾也。”

二十八

谢太傅盘桓东山时，与孙兴公诸人泛海戏。风起浪涌，孙、王诸人色并遽，便唱使还。太傅神情方王，吟啸不言。舟人以公貌闲意说，犹去不止。既风转急，浪猛，诸人皆喧动不坐。公徐云：“如此，将无归！”众人即承响而回。于是审其量，足以镇安朝野。

二十九

桓公伏甲设馔，广延朝士，因此欲诛谢安、王坦之。王甚遽，问谢曰：“当作何计？”谢神意不变，谓文度曰：“晋阼存亡，在此一行。”相与俱前。王之恐状，转见于色。谢之宽容，愈表于貌。望阶趋席，方作洛生咏，讽“浩浩洪流”。桓惮其旷远，乃趣解兵。王、谢旧齐名，于此始判优劣。

三十

谢太傅与王文度共诣郗超，日旰未得前，王便欲去。谢曰：“不能为性命忍俄顷？”

三十一

支道林还东，时贤并送于征虏亭。蔡子叔前至，坐近林公。谢万石后来，坐小远。蔡暂起，谢移就其处。蔡还，见谢在焉，因合褥举谢掷地，自复坐。谢冠帻倾脱，乃徐起振衣就席，神意甚平，不觉瞋沮。坐定，谓蔡曰：“卿奇人，殆坏我面。”蔡答曰：“我本不为卿面作计。”其后，二人俱不介意。

三十二

郗嘉宾钦崇释道安德问，饷米千斛，修书累纸，意寄殷勤。道安答直云："损米。"愈觉有待之为烦。

三十三

谢安南免吏部尚书还东，谢太傅赴桓公司马出西，相遇破冈。既当远别，遂停三日共语。太傅欲慰其失官，安南辄引以它端。虽信宿中涂，竟不言及此事。太傅深恨在心未尽，谓同舟曰："谢奉故是奇士。"

三十四

戴公从东出，谢太傅往看之。谢本轻戴，见但与论琴书。戴既无吝色，而谈琴书愈妙。谢悠然知其量。

三十五

谢公与人围棋，俄而谢玄淮上信至。看书竟，默然无言，徐向局。客问淮上利害，答曰："小儿辈大破贼。"意色举止，不异于常。

三十六

王子猷、子敬曾俱坐一室，上忽发火。子猷遽走避，不惶取屐；子敬神色恬然，徐唤左右，扶凭而出，不异平常。世以此定二王神宇。

三十七

苻坚游魂近境，谢太傅谓子敬曰："可将当轴，了其此处。"

三十八

王僧弥、谢车骑共王小奴许集。僧弥举酒劝谢云："奉使君一觞。"谢曰："可尔。"僧弥勃然起，作色曰："汝故是吴兴溪中钓碣耳！何敢诪张！"谢徐抚掌而笑曰："卫军，僧弥殊不肃省，乃侵陵上国也。"

三十九

王东亭为桓宣武主簿，既承藉，有美誉，公甚欲其人地为一府之望。初，见谢失仪，而神色自若。坐上宾客即相贬笑。公曰："不然，观其情貌，必自不凡，吾当试之。"后因月朝阁下伏，公于内走马直出突之，左右皆宕仆，而王不动。名价于是大重，咸云"是公辅器也"。

四十

太元末，长星见，孝武心甚恶之。夜，华林园中饮酒，举杯属星云："长星！劝尔一杯酒。自古何时有万岁天子？"

四十一

殷荆州有所识，作赋，是束皙慢戏之流。殷甚以为有才，语王恭："适见新文，甚可观。"便于手巾函中出之。王读，殷笑之不自胜。王看竟，既不笑，亦不言好恶，但以如意帖之而已。殷怅然自失。

四十二

羊绥第二子孚，少有俊才，与谢益寿相好，尝蚤往谢许，未食。

俄而王齐、王睹来。既先不相识，王向席有不说色，欲使羊去。羊了不眄，唯脚委几上，咏瞩自若。谢与王叙寒温数语毕，还与羊谈赏，王方悟其奇，乃合共语。须臾食下，二王都不得餐，唯属羊不暇。羊不大应对之，而盛进食，食毕便退。遂苦相留，羊义不住，直云："向者不得从命，中国尚虚。"二王是孝伯两弟。

识鉴第七

一

曹公少时见乔玄，玄谓曰："天下方乱，群雄虎争，拨而理之，非君乎？然君实乱世之英雄，治世之奸贼。恨吾老矣，不见君富贵，当以子孙相累。"

二

曹公问裴潜曰："卿昔与刘备共在荆州，卿以备才如何？"潜曰："使居中国，能乱人，不能为治。若乘边守险，足为一方之主。"

三

何晏、邓飏、夏侯玄并求傅嘏交，而嘏终不许。诸人乃因荀粲说合之，谓嘏曰："夏侯太初一时之杰士，虚心于子，而卿意怀不可交。合则好成，不合则致隙。二贤若穆，则国之休，此蔺相如所以下廉颇也。"傅曰："夏侯太初志大心劳，能合虚誉，诚所谓利口覆国之人。何晏、邓飏有为而躁，博而寡要，外好利而内无关籥，贵同恶异，多言而妒前。多言多衅，妒前无亲。以吾观之：此三贤者，皆败德之人耳！远之犹恐罹祸，况可亲之邪？"后皆如其言。

四

晋武帝讲武于宣武场，帝欲偃武修文，亲自临幸，悉召群臣。山公谓不宜尔，因与诸尚书言孙、吴用兵本意。遂究论，举坐无不咨嗟。皆曰："山少傅乃天下名言。"后诸王骄汰，轻遘祸难，于是寇盗处处蚁合，郡国多以无备，不能制服，遂渐炽盛，皆如公言。时人以谓山涛不学孙、吴，而暗与之理会。王夷甫亦叹云："公暗与道合。"

五

王夷甫父乂为平北将军，有公事，使行人论不得。时夷甫在京师，命驾见仆射羊祜、尚书山涛。夷甫时总角，姿才秀异，叙致既快，事加有理，涛甚奇之。既退，看之不辍，乃叹曰："生儿不当如王夷甫邪？"羊祜曰："乱天下者，必此子也！"

六

潘阳仲见王敦小时，谓曰："君蜂目已露，但豺声未振耳。必能食人，亦当为人所食。"

七

石勒不知书，使人读《汉书》。闻郦食其劝立六国后，刻印将授之，大惊曰："此法当失，云何得遂有天下？"至留侯谏，乃曰："赖有此耳！"

八

卫玠年五岁，神衿可爱。祖太保曰："此儿有异，顾吾老，不见其大耳！"

九

刘越石云："华彦夏识能不足，强果有余。"

十

张季鹰辟齐王东曹掾，在洛见秋风起，因思吴中菰菜羹、鲈鱼脍，曰："人生贵得适意尔，何能羁宦数千里以要名爵！"遂命驾便归。俄而齐王败，时人皆谓为见机。

十一

诸葛道明初过江左，自名道明，名亚王、庾之下。先为临沂令，丞相谓曰："明府当为黑头公。"

十二

王平子素不知眉子，曰："志大其量，终当死坞壁间。"

十三

王大将军始下，杨朗苦谏不从，遂为王致力，乘"中鸣云露车"径前曰："听下官鼓音，一进而捷。"王先把其手曰："事克，当相用为荆州。"既而忘之，以为南郡。王败后，明帝收朗，欲杀之。帝寻崩，得免。后兼三公，署数十人为官属。此诸人当时并无名，后皆被知遇。于时称其知人。

十四

周伯仁母冬至举酒赐三子曰："吾本谓度江托足无所。尔家有相，尔等并罗列吾前，复何忧？"周嵩起，长跪而泣曰："不如阿母言。伯仁为人志大而才短，名重而识暗，好乘人之弊，此非自全之道。嵩性狼抗，亦不容于世。唯阿奴碌碌，当在阿母目下耳！”

十五

王大将军既亡，王应欲投世儒，世儒为江州。王含欲投王舒，舒为荆州。含语应曰：“大将军平素与江州云何，而汝欲归之？”应曰：“此乃所以宜往也。江州当人强盛时，能抗同异，此非常人所行。及睹衰危，必兴愍恻。荆州守文，岂能作意表行事？”含不从，遂共投舒。舒果沉含父子于江。彬闻应当来，密具船以待之，竟不得来，深以为恨。

十六

武昌孟嘉作庾太尉州从事，已知名。褚太傅有知人鉴，罢豫章还，过武昌，问庾曰：“闻孟从事佳，今在此不？”庾云：“卿自求之。”褚眄睐良久，指嘉曰：“此君小异，得无是乎？”庾大笑曰：“然！”于时既叹褚之默识，又欣嘉之见赏。

十七

戴安道年十余岁，在瓦官寺画。王长史见之曰：“此童非徒能画，亦终当致名。恨吾老，不见其盛时耳！”

十八

王仲祖、谢仁祖、刘真长俱至丹阳墓所省殷扬州，殊有确然之志。既反，王、谢相谓曰：“渊源不起，当如苍生何？”深为忧叹。刘曰：“卿诸人真忧渊源不起邪？”

十九

小庾临终，自表以子园客为代。朝廷虑其不从命，未知所遣，乃共议用桓温。刘尹曰：“使伊去，必能克定西楚，然恐不可复制。”

二十

桓公将伐蜀，在事诸贤咸以李势在蜀既久，承藉累叶，且形据上流，三峡未易可克。唯刘尹云：“伊必能克蜀。观其蒲博，不必得，则不为。”

二十一

谢公在东山畜妓，简文曰：“安石必出。既与人同乐，亦不得不与人同忧。”

二十二

郗超与谢玄不善。苻坚将问晋鼎，既已狼噬梁、岐，又虎视淮阴矣。于时朝议遣玄北讨，人间颇有异同之论。唯超曰：“是必济事。吾昔尝与共在桓宣武府，见使才皆尽，虽履屐之间，亦得其任。以此推之，容必能立勋。”元功既举，时人咸叹超之先觉，又重其不以爱憎匿善。

二十三

韩康伯与谢玄亦无深好。玄北征后，巷议疑其不振。康伯曰：“此人好名，必能战。”玄闻之甚忿，常于众中厉色曰：“丈夫提千兵，入死地，以事君亲，故发，不得复云为名。”

二十四

褚期生少时，谢公甚知之，恒云："褚期生若不佳者，仆不复相士。"

二十五

郗超与傅瑗周旋。瑗见其二子，并总发。超观之良久，谓瑗曰："小者才名皆胜，然保卿家，终当在兄。"即傅亮兄弟也。

二十六

王恭随父在会稽，王大自都来拜墓，恭暂往墓下看之。二人素善，遂十余日方还。父问恭："何故多日？"对曰："与阿大语，蝉连不得归。"因语之曰："恐阿大非尔之友，终乖爱好。"果如其言。

二十七

车胤父作南平郡功曹，太守王胡之避司马无忌之难，置郡于酆阴。是时胤十余岁，胡之每出，尝于篱中见而异焉。谓胤父曰："此儿当致高名。"后游集，恒命之。胤长，又为桓宣武所知。清通于多士之世，官至选曹尚书。

二十八

王忱死，西镇未定，朝贵人人有望。时殷仲堪在门下，虽居机要，资名轻小，人情未以方岳相许。晋孝武欲拔亲近腹心，遂以殷为荆州。事定，诏未出。王珣问殷曰："陕西何故未有处分？"殷曰："已有人。"王历问公卿，咸云"非"。王自计才地必应在己，复问："非我邪？"殷曰："亦似非。"其夜诏出用殷。王语所亲曰："岂有黄门郎而受如此任！仲堪此举乃是国之亡征。"

卷中之下

赏誉第八上

一

陈仲举尝叹曰：“若周子居者，真治国之器。譬诸宝剑，则世之干将。”

二

世目李元礼：“谡谡如劲松下风。”

三

谢子微见许子将兄弟，曰：“平舆之渊，有二龙焉。”见许子政弱冠之时，叹曰：“若许子政者，有幹国之器。正色忠謇，则陈仲举之匹；伐恶退不肖，范孟博之风。”

四

公孙度目邴原：“所谓云中白鹤，非燕雀之网所能罗也。”

五

钟士季目王安丰：“阿戎了了解人意。”谓：“裴公之谈，经日不竭。”吏部郎阙，文帝问其人于钟会，会曰：“裴楷清通，王戎简要，皆其选也。”于是用裴。

六

王濬冲、裴叔则二人，总角诣钟士季。须臾去后，客问钟曰：“向二童何如？”钟曰：“裴楷清通，王戎简要。后二十年，此二贤当为吏部尚书，冀尔时天下无滞才。”

七

谚曰：“后来领袖有裴秀。”

八

裴令公目夏侯太初：“肃肃如入廊庙中，不修敬而人自敬。”一曰：“如入宗庙，琅琅但见礼乐器。见钟士季，如观武库，但睹矛戟。见傅兰硕，江墙靡所不有。见山巨源，如登山临下，幽然深远。”

九

羊公还洛，郭奕为野王令。羊至界，遣人要之，郭便自往。既见，叹曰：“羊叔子何必减郭太业！”复往羊许，小悉还，又叹曰：“羊叔子去人远矣！”羊既去，郭送之弥日，一举数百里，遂以出境免官。复叹曰："羊叔子何必减颜子！"

十

王戎目山巨源："如璞玉浑金，人皆钦其宝，莫知名其器。"

十一

羊长和父繇，与太傅祜同堂相善，仕至车骑掾。蚤卒。长和兄弟五人，幼孤。祜来哭，见长和哀容举止，宛若成人，乃叹曰："从兄不亡矣！"

十二

山公举阮咸为吏部郎，目曰："清真寡欲，万物不能移也。"

十三

王戎目阮文业："清伦有鉴识，汉元以来，未有此人。"

十四

武元夏目裴、王曰："戎尚约，楷清通。"

十五

庾子嵩目和峤："森森如千丈松，虽磊砢有节目，施之大厦，有栋梁之用。"

十六

王戎云："太尉神姿高彻，如瑶林琼树，自然是风尘外物。"

十七

王汝南既除所生服，遂停墓所。兄子济每来拜墓，略不过叔，叔亦不候。济脱时过，止寒温而已。后聊试问近事，答对甚有音辞，出济意外，济极惋愕。仍与语，转造清微。济先略无子侄之敬，既闻其言，不觉凛然，心形俱肃。遂留共语，弥日累夜。济虽俊爽，自视缺然，乃喟然叹曰："家有名士，三十年而不知！"济去，叔送至门。济从骑有一马绝难乘，少能骑者。济聊问叔："好骑乘不？"曰："亦好尔。"济又使骑难乘马，叔姿形既妙，回策如萦，名骑无以过之。济益叹其难测非复一事。既还，浑问济："何以暂行累日？"济曰："始得一叔。"浑问其故，济具叹述如此。浑曰："何如我？"济曰："济以上人。"武帝每见济，辄以湛调之曰："卿家痴叔死未？"济常无以答。既而得叔，后武帝又问如前，济曰："臣叔不痴。"称其实美。帝曰："谁比？"济曰："山涛以下，魏舒以上。"于是显名。年二十八，始宦。

十八

裴仆射，时人谓为"言谈之林薮"。

十九

张华见褚陶，语陆平原曰："君兄弟龙跃云津，顾彦先凤鸣朝阳，谓东南之宝已尽，不意复见褚生。"陆曰："公未睹不鸣不跃者耳！"

二十

有问秀才："吴旧姓何如？"答曰："吴府君圣王之老成，明时之俊乂。朱永长理物之至德，清选之高望。严仲弼九皋之鸣鹤，空谷之白驹。顾彦先八音之琴瑟，五色之龙章。张威伯岁寒之茂松，幽夜之逸光。陆士衡、士龙鸿鹄之裵回，悬鼓之待槌。凡此诸君：以洪笔为锄耒，以纸札为良田。以玄默为稼穑，以义理为丰年。以谈论为英华，以忠恕为珍宝。著文章为锦绣，蕴五经为缯帛。坐谦虚为席荐，张义让为帷幕。行仁义为室宇，修道德为广宅。”

二十一

人问王夷甫："山巨源义理何如？是谁辈？"王曰："此人初不肯以谈自居，然不读《老》《庄》，时闻其咏，往往与其旨合。"

二十二

洛中雅雅有三嘏：刘粹字纯嘏，宏字终嘏，漠字冲嘏，是亲兄弟，王安丰甥，并是王安丰女婿。宏，真长祖也。洛中铮铮冯惠卿，名荪，是播子。荪与邢乔俱司徒李胤外孙，及胤子顺并知名。时称："冯才清，李才明，纯粹邢。"

二十三

卫伯玉为尚书令，见乐广与中朝名士谈议，奇之曰："自昔诸人没已来，常恐微言将绝，今乃复闻斯言于君矣！"命子弟造之曰："此人，人之水镜也，见之若披云雾睹青天。"

二十四

王太尉曰："见裴令公精明朗然，笼盖人上，非凡识也。若死而可作，当与之同归。"或云王戎语。

二十五

王夷甫自叹："我与乐令谈，未尝不觉我言为烦。"

二十六

郭子玄有俊才，能言老、庄。庾敳尝称之，每曰："郭子玄何必减庾子嵩！"

二十七

王平子目太尉："阿兄形似道，而神锋太俊。"太尉答曰："诚不如卿落落穆穆。"

二十八

太傅有三才：刘庆孙长才，潘阳仲大才，裴景声清才。

赏誉第八下

一

林下诸贤，各有俊才子。籍子浑，器量弘旷。康子绍，清远雅正。涛子简，疏通高素。咸子瞻，虚夷有远志。瞻弟孚，爽朗多所遗。秀子纯、悌，并令淑有清流。戎子万子，有大成之风，苗而不秀。唯伶子无闻。凡此诸子，唯瞻为冠，绍、简亦见重当世。

二

庾子躬有废疾，甚知名。家在城西，号曰城西公府。

三

王夷甫语乐令："名士无多人，故当容平子知。"

四

王太尉云："郭子玄语议如悬河写水，注而不竭。"

五

司马太傅府多名士，一时俊异。庾文康云："见子嵩在其中，常自神王。”

六

太傅东海王镇许昌，以王安期为记室参军，雅相知重。敕世子毗曰：“夫学之所益者浅，体之所安者深。闲习礼度，不如式瞻仪形。讽味遗言，不如亲承音旨。王参军人伦之表，汝其师之！”或曰：“王、赵、邓三参军，人伦之表，汝其师之！”谓安期、邓伯道、赵穆也。袁宏作《名士传》直云王参军。或云：“赵家先犹有此本。”

七

庾太尉少为王眉子所知。庾过江，叹王曰：“庇其宇下，使人忘寒暑。”

八

谢幼舆曰：“友人王眉子清通简畅，嵇延祖弘雅劭长，董仲道卓荦有致度。”

九

王公目太尉：“岩岩清峙，壁立千仞。”

十

庾太尉在洛下，问讯中郎。中郎留之云：“诸人当来。”寻温元甫、刘王乔、裴叔则俱至，酬酢终日。庾公犹忆刘、裴之才俊，元甫之清中。

十一

蔡司徒在洛，见陆机兄弟住参佐廨中，三间瓦屋，士龙住东头，士衡住西头。士龙为人，文弱可爱。士衡长七尺余，声作钟声，言多慷慨。

十二

王长史是庾子躬外孙，丞相目子躬云："入理泓然，我已上人。"

十三

庾太尉目庾中郎："家从谈谈之许。"

十四

庾公目中郎："神气融散，差如得上。"

十五

刘琨称祖车骑为朗诣，曰："少为王敦所叹。"

十六

时人目庾中郎："善于托大，长于自藏。"

十七

王平子迈世有俊才，少所推服。每闻卫玠言，辄叹息绝倒。

十八

王大将军与元皇《表》云："舒风概简正，允作雅人，自多于邃。

最是臣少所知拔。中间夷甫、澄见语：‘卿知处明、茂弘。茂弘已有令名，真副卿清论；处明亲疏无知之者，吾常以卿言为意，殊未有得，恐已悔之。’臣慨然曰：‘君以此试，顷来始乃有称之者。’言常人正自患知之使过，不知使负实。”

十九

周侯于荆州败绩还，未得用。王丞相与人书曰：“雅流弘器，何可得遗？”

二十

时人欲题目高坐而未能，桓廷尉以问周侯，周侯曰：“可谓卓朗。”桓公曰：“精神渊箸。”

二十一

王大将军称其儿云：“其神候似欲可。”

二十二

卞令目叔向：“朗朗如百间屋。”

二十三

王敦为大将军，镇豫章。卫玠避乱，从洛投敦，相见欣然，谈话弥日。于时谢鲲为长史，敦谓鲲曰：“不意永嘉之中，复闻正始之音。阿平若在，当复绝倒。”

二十四

王平子与人书，称其儿“风气日上，足散人怀”。

二十五

胡毋彦国吐佳言如屑，后进领袖。

二十六

王丞相云：“刁玄亮之察察，戴若思之岩岩，卞望之之峰距。”

二十七

大将军语右军：“汝是我佳子弟，当不减阮主簿。”

二十八

世目周侯“嶷如断山”。

二十九

王丞相招祖约夜语，至晓不眠。明旦有客，公头鬓未理，亦小倦。客曰：“公昨如是，似失眠。”公曰：“昨与士少语，遂使人忘疲。”

三十

王大将军与丞相书，称杨朗曰：“世彦识器理致，才隐明断，既为国器，且是杨侯淮之子。位望殊为陵迟，卿亦足与之处。”

三十一

何次道往丞相许，丞相以麈尾指坐，呼何共坐曰：“来！来！此是君坐。”

三十二

丞相治杨州廨舍，按行而言曰：“我正为次道治此尔！”何少为王公所重，故屡发此叹。

三十三

王丞相拜司徒而叹曰：“刘王乔若过江，我不独拜公。”

三十四

王蓝田为人晚成，时人乃谓之痴。王丞相以其东海子，辟为掾。常集聚，王公每发言，众人竞赞之。述于末坐曰：“主非尧、舜，何得事事皆是！”丞相甚相叹赏。

三十五

世目杨朗“沉审经断”。蔡司徒云：“若使中朝不乱，杨氏作公方未已。”谢公云：“朗是大才。”

三十六

刘万安即道真从子。庾公所谓“灼然玉举”。又云：“千人亦见，百人亦见。”

三十七

庾公为护军，属桓廷尉觅一佳吏，乃经年。桓后遇见徐宁而知之，遂致于庾公曰："人所应有，其不必有；人所应无，己不必无。真海岱清士。"

三十八

桓茂伦云："褚季野皮里阳秋。"谓其裁中也。

三十九

何次道尝送东人，瞻望见贾宁在后轮中，曰："此人不死，终为诸侯上客。"

四十

杜弘治墓崩，哀容不称。庾公顾谓诸客曰："弘治至羸，不可以致哀。"又曰："弘治哭不可哀。"

四十一

世称"庾文康为丰年玉，穉恭为荒年谷"。庾家论云是文康称"恭为荒年谷，庾长仁为丰年玉"。

四十二

世目"杜弘治标鲜，季野穆少"。

四十三

有人目杜弘治"标鲜清令，盛德之风，可乐咏也"。

四十四

庾公云："逸少国举。"故庾倪为碑文云："拔萃国举。"

四十五

庾穉恭与桓温书，称"刘道生日夕在事，大小殊快。义怀通乐既佳，且足作友，正实良器，推此与君，同济艰不者也"。

四十六

王蓝田拜扬州，主簿请讳，教云："亡祖、先君，名播海内，远近所知。内讳不出于外，余无所讳。"

四十七

萧中郎，孙丞公妇父。刘尹在抚军坐，时拟为太常，刘尹云："萧祖周不知便可作三公不？自此以还，无所不堪。"

四十八

谢太傅未冠，始出西，诣王长史，清言良久。去后，苟子问曰："向客何如尊？"长史曰："向客亹亹，为来逼人。"

四十九

王右军语刘尹："故当共推安石。"刘尹曰："若安石东山志立，当与天下共推之。"

五十

谢公称蓝田："掇皮皆真。"

五十一

桓温行经王敦墓边过，望之云："可儿！可儿！"

五十二

殷中军道王右军云："逸少清贵人。吾于之甚至，一时无所后。"

五十三

王仲祖称殷渊源："非以长胜人，处长亦胜人。"

五十四

王司州与殷中军语，叹云："己之府奥，蚤已倾写而见，殷陈势浩汗，众源未可得测。"

五十五

王长史谓林公："真长可谓金玉满堂。"林公曰："金玉满堂，复何为简选？"王曰："非为简选，直致言处自寡耳。"

五十六

王长史道江道群："人可应有，乃不必有；人可应无，己必无。"

五十七

会稽孔沈、魏颢虞球、虞存、谢奉，并是四族之俊，于时之桀。孙兴公目之曰："沈为孔家金，颢为魏家玉，虞为长、琳宗，谢为弘道伏。"

五十八

王仲祖、刘真长造殷中军谈，谈竟，俱载去。刘谓王曰："渊源真可。"王曰："卿故堕其云雾中。"

五十九

刘尹每称王长史云："性至通，而自然有节。"

六十

王右军道谢万石："在林泽中，为自遒上。"叹林公："器朗神俊。"道祖士少："风领毛骨，恐没世不复见如此人。"道刘真长："标云柯而不扶疏。"

六十一

简文目庾赤玉："省率治除。"谢仁祖云："庾赤玉胸中无宿物。"

六十二

殷中军道韩太常曰："康伯少自标置，居然是出群器。及其发言遣辞，往往有情致。"

六十三

简文道王怀祖："才既不长，于荣利又不淡；直以真率少许，便足对人多多许。"

六十四

林公谓王右军云："长史作数百语，无非德音，如恨不苦。"王曰："长史自不欲苦物。"

六十五

殷中军与人书，道谢万："文理转遒，成殊不易。"

六十六

王长史云："江思悛思怀所通，不翅儒域。"

六十七

许玄度送母，始出都，人问刘尹："玄度定称所闻不？"刘曰："才情过于所闻。"

六十八

阮光禄云："王家有三年少：右军、安期、长豫。"

六十九

谢公道豫章："若遇七贤，必自把臂入林。"

七十

王长史叹林公："寻微之功，不减辅嗣。"

七十一

殷渊源在墓所几十年。于时朝野以拟管、葛，起不起，以卜江左兴亡。

七十二

殷中军道右军："清鉴贵要。"

七十三

谢太傅为桓公司马，桓诣谢，值谢梳头，遽取衣帻，桓公云："何烦此！"因下共语至暝。既去，谓左右曰："颇曾见如此人不？"

七十四

谢公作宣武司马，属门生数十人于田曹中郎赵悦子。悦子以告宣武，宣武云："且为用半。"赵俄而悉用之，曰："昔安石在东山，缙绅敦逼，恐不豫人事；况今自乡选，反违之邪？"

七十五

桓宣武《表》云："谢尚神怀挺率，少致民誉。"

七十六

世目谢尚为"令达"。阮遥集云："清畅似达。"或云："尚自然令上。"

七十七

桓大司马病。谢公往省病，从东门入。桓公遥望，叹曰："吾门中久不见如此人！"

七十八

简文目敬豫为"朗豫"。

七十九

孙兴公为庾公参军，共游白石山。卫君长在坐，孙曰："此子神情都不关山水，而能作文。"庾公曰："卫风韵虽不及卿诸人，倾倒处亦不近。"孙遂沐浴此言。

八十

王右军目陈玄伯："垒块有正骨。"

八十一

王长史云："刘尹知我，胜我自知。"

八十二

王、刘听林公讲，王语刘曰："向高坐者，故是凶物。"复东听，王又曰："自是钵钎后王、何人也。"

八十三

许玄度言："《琴赋》所谓'非至精者，不能与之析理'，刘尹其人；'非渊静者，不能与之闲止夕'，简文其人。"

八十四

魏隐兄弟，少有学义，总角诣谢奉。奉与语，大说之，曰："大宗虽衰，魏氏已复有人。"

八十五

简文云："渊源语不超诣简至，然经纶思寻处，故有局陈。"

八十六

初，法汰北来未知名，王领军供养之。每与周旋，行来往名胜许，辄与俱。不得汰，便停车不行。因此名遂重。

八十七

王长史与大司马书，道渊源："识致安处，足副时谈。"

八十八

谢公云："刘尹语审细。"

八十九

桓公语嘉宾："阿源有德有言，向使作令仆，足以仪刑百揆。朝廷用违其才耳。"

九十

简文语嘉宾："刘尹语末后亦小异，回复其言，亦乃无过。"

九十一

孙兴公、许玄度共在白楼亭，共商略先往名达。林公既非所关，听讫云："二贤故自有才情。"

九十二

王右军道东阳："我家阿林，章清太出。"

九十三

王长史与刘尹书，道渊源：“触事长易。”

九十四

谢中郎云：“王修载乐托之性，出自门风。”

九十五

林公云：“王敬仁是超悟人。”

九十六

刘尹先推谢镇西，谢后雅重刘，曰：“昔尝北面。”

九十七

谢太傅称王修龄曰：“司州可与林泽游。”

九十八

谚曰：“扬州独步王文度，后来出人郄嘉宾。”

九十九

人问王长史江虨兄弟群从，王答曰：“诸江皆复足自生活。”

一百

谢太傅道安北：“见之乃不使人厌，然出户去，不复使人思。”

一百零一

谢公云："司州造胜遍决。"

一百零二

刘尹云："见何次道饮酒，使人欲倾家酿。"

一百零三

谢太傅语真长："阿龄于此事，故欲太厉。"刘曰："亦名士之高操者。"

一百零四

王子猷说："世目士少为朗，我家亦以为彻朗。"

一百零五

谢公云："长史语甚不多，可谓有令音。"

一百零六

谢镇西道敬仁："文学镞镞，无能不新。"

一百零七

刘尹道江道群："不能言而能不言。"

一百零八

林公云："见司州警悟交至，使人不得住，亦终日忘疲。"

一百零九

世称“荀子秀出，阿兴清和”。

一百一十

简文云：“刘尹茗柯有实理。”

一百一十一

谢胡儿作著作郎，尝作《王堪传》。不谙堪是何似人，咨谢公。谢公答曰：“世胄亦被遇。堪，烈之子，阮千里姨兄弟，潘安仁中外。安仁诗所谓‘子亲伊姑，我父唯舅’。是许允婿。”

一百一十二

谢太傅重邓仆射，常言“天地无知，使伯道无儿”。

一百一十三

谢公与王右军书曰：“敬和栖托好佳。”

一百一十四

吴四姓旧目云：张文、朱武、陆忠、顾厚。

一百一十五

谢公语王孝伯：“君家蓝田，举体无常人事。”

一百一十六

许掾尝诣简文，尔夜风恬月朗，乃共作曲室中语。襟怀之咏，偏是许之所长。辞寄清婉，有逾平日。简文虽契素，此遇尤相咨嗟，不觉造膝，共叉手语，达于将旦。既而曰："玄度才情，故未易多有许。"

一百一十七

殷允出西，郗超与袁虎书云："子思求良朋，托好足下，勿以开美求之。"世目袁为"开美"，故子敬诗曰："袁生开美度。"

一百一十八

谢车骑问谢公："真长性至峭，何足乃重？"答曰："是不见耳！阿见子敬，尚使人不能已。"

一百一十九

谢公领中书监，王东亭有事应同上省，王后至，坐促，王、谢虽不通，太傅犹敛膝容之。王神意闲畅，谢公倾目。还谓刘夫人曰："向见阿瓜，故自未易有。虽不相关，正是使人不能已已"

一百二十

王子敬语谢公："公故萧洒。"谢曰："身不萧洒。君道身最得，身正自调畅。"

一百二十一

谢车骑初见王文度曰："见文度虽萧洒相遇，其复愔愔竟夕。"

一百二十二

范豫章谓王荆州："卿风流俊望，真后来之秀。"王曰："不有此舅，焉有此甥！"

一百二十三

子敬与子猷书，道："兄伯萧索寡会，遇酒则酣畅忘反，乃自可矜。"

一百二十四

张天锡世雄凉州，以力弱诣京师，虽远方殊类，亦边人之桀也。闻皇京多才，钦羡弥至。犹在渚住，司马著作往诣之。言容鄙陋，无可观听。天锡心甚悔来，以遐外可以自固。王弥有俊才，美誉当时，闻而造焉。既至，天锡见其风神清令，言话如流，陈说古今，无不贯悉。又谙人物氏族中来，皆有证据。天锡讶服。

一百二十五

王恭始与王建武甚有情，后遇袁悦之间，遂致疑隙。然每至兴会，故有相思时。恭尝行散至京口谢堂，于时清露晨流，新桐初引。恭目之曰："王大故自濯濯。"

一百二十六

司马太傅为二王目曰："孝伯亭亭直上，阿大罗罗清疏。"

一百二十七

王恭有清辞简旨，能叙说，而读书少，颇有重出。有人道孝伯

“常有新意，不觉为烦”。

一百二十八

殷仲堪丧后，桓玄问仲文：“卿家仲堪，定是何似人？”仲文曰：“虽不能休明一世，足以映彻九泉。”

品藻第九

一

汝南陈仲举，颍川李元礼二人，共论其功德，不能定先后。蔡伯喈评之曰："陈仲举强于犯上，李元礼严于摄下。犯上难，摄下易。"仲举遂在三君之下，元礼居八俊之上。

二

庞士元至吴，吴人并友之。见陆绩、顾劭、全琮而为之目曰："陆子所谓驽马有逸足之用，顾子所谓驽牛可以负重致远。"或问："如所目，陆为胜邪？"曰："驽马虽精速，能致一人耳。驽牛一日行百里，所致岂一人哉？"吴人无以难。"全子好声名，似汝南樊子昭。"

三

顾劭尝与庞士元宿语，问曰："闻子名知人，吾与足下孰愈？"曰："陶冶世俗，与时浮沉，吾不如子；论王霸之余策，览倚仗之要害，吾似有一日之长。"劭亦安其言。

四

诸葛瑾、弟亮及从弟诞，并有盛名，各在一国。于时以为“蜀得其龙，吴得其虎，魏得其狗”。诞在魏与夏侯玄齐名；瑾在吴，吴朝服其弘量。

五

司马文王问武陔：“陈玄伯何如其父司空？”陔曰：“通雅博畅，能以天下声教为己任者，不如也。明练简至，立功立事，过之。”

六

正始中，人士比论，以五荀方五陈：荀淑方陈寔，荀靖方陈谌，荀爽方陈纪，荀彧方陈群。又以八裴方八王：裴徽方王祥，裴楷方王夷甫，裴康方王绥，裴绰方王澄，裴瓒方王敦，裴遐方王导，裴頠方王戎，裴邈方王玄。

七

冀州刺史杨淮二子乔与髦，俱总角为成器。淮与裴頠、乐广友善，遣见之。頠性弘方，爱乔之有高韵，谓淮曰：“乔当及卿，髦小减也。”广性清淳，爱髦之有神检，谓淮曰：“乔自及卿，然髦尤精出。”淮笑曰：“我二儿之优劣，乃裴、乐之优劣。”论者评之，以为乔虽高韵，而检不匝，乐言为得，然并为后出之俊。

八

刘令言始入洛，见诸名士而叹曰：“王夷甫太解明，乐彦辅我所敬，张茂先我所不解，周弘武巧于用短，杜方叔拙于用长。”

九

王夷甫云："闾丘冲，优于满奋、郝隆。此三人并是高才，冲最先达。"

十

王夷甫以王东海比乐令，故王中郎作《碑》云："当时标榜，为乐广之俪。"

十一

庾中郎与王平子雁行。

十二

王大将军在西朝时，见周侯辄扇障面不得住。后度江左，不能复尔。王叹曰："不知我进，伯仁退？"

十三

会稽虞𩦎，元皇时与桓宣武同侠，其人有才理胜望。王丞相尝谓𩦎曰："孔愉有公才而无公望，丁潭有公望而无公才，兼之者其在卿乎？𩦎未达而丧。

十四

明帝问周伯仁："卿自谓何如郗鉴？"周曰："鉴方臣，如有功夫。"复问郗。郗曰："周颇比臣，有国士门风。"

十五

王大将军下，庾公问："卿有四友，何者是？"答曰："君家中郎，我家太尉、阿平，胡毋彦国。阿平故当最劣。"庾曰："似未肯劣。"庾又问："何者居其右？"王曰："自有人。"又问："何者是？"王曰："噫！其自有公论。"左右蹑公，公乃止。

十六

人问丞相："周侯何如和峤？"答曰："长舆嵯蘖。"

十七

明帝问谢鲲："君自谓何如庾亮？"答曰："端委庙堂，使百僚准则，臣不如亮。一丘一壑，自谓过之。"

十八

王丞相二弟不过江，曰颍，曰敞。时论以颍比邓伯道，敞比温忠武。议郎、祭酒者也。

十九

明帝问周侯："论者以卿比郗鉴，云何？"周曰："陛下不须牵顗比。"

二十

王丞相云："顷下论以我比安期、千里。亦推此二人。唯共推太尉，此君特秀。"

二十一

宋祎曾为王大将军妾，后属谢镇西。镇西问祎：“我何如王？”答曰：“王比使君，田舍、贵人耳！”镇西妖冶故也。

二十二

明帝问周伯仁：“卿自谓何如庾元规？”对曰：“萧条方外，亮不如臣；从容廊庙，臣不如亮。”

二十三

王丞相辟王蓝田为掾，庾公问丞相：“蓝田何似？”王曰：“真独简贵，不减父祖；然旷澹处故当不如尔。”

二十四

卞望之云郗公：“体中有三反：方于事上，好下佞己，一反。治身清贞，大修计校，二反。自好读书，憎人学问，三反。”

二十五

世论温太真，是过江第二流之高者。时名辈共说人物，第一将尽之间，温常失色。

二十六

王丞相云：“见谢仁祖恒令人得上。”与何次道语，唯举手指地曰：“正自尔馨！”

二十七

何次道为宰相，人有讥其信任不得其人。阮思旷慨然曰："次道自不至此。但布衣超居宰相之位，可恨唯此一条而已！"

二十八

王右军少时，丞相云："逸少何缘复减万安邪？"

二十九

郗司空家有伧奴，知及文章，事事有意。王右军向刘尹称之。刘问："何如方回？"王曰："此正小人有意向耳！何得便比方回？"刘曰："若不如方回，故是常奴耳！"

三十

时人道阮思旷："骨气不及右军，简秀不如真长，韶润不如仲祖，思致不如渊源，而兼有诸人之美。"

三十一

简文云："何平叔巧累于理，嵇叔夜俊伤其道。"

三十二

时人共论晋武帝出齐王之与立惠帝，其失孰多？多谓立惠帝为重。桓温曰："不然，使子继父业，弟承家祀，有何不可？"

三十三

人问殷渊源："当世王公以卿比裴叔道，云何？"殷曰："故当以识通暗处。”

三十四

抚军问殷浩：“卿定何如裴逸民？”良久答曰：“故当胜耳。”

三十五

桓公少与殷侯齐名，常有竞心。桓问殷：“卿何如我？”殷云：“我与我周旋久，宁作我。”

三十六

抚军问孙兴公：“刘真长何如？”曰：“清蔚简令。”“王仲祖何如？”曰：“温润恬和。”“桓温何如？”曰：“高爽迈出。”“谢仁祖何如？”曰：“清易令达。”“阮思旷何如？”曰：“弘润通长。”“袁羊何如？”曰：“洮洮清便。”“殷洪远何如？”曰：“远有致思。”“卿自谓何如？”曰：“下官才能所经，悉不如诸贤；至于斟酌时宜，笼罩当世，亦多所不及。然以不才，时复托怀玄胜，远咏《老》《庄》，萧条高寄，不与时务经怀，自谓此心无所与让也。”

三十七

桓大司马下都，问真长曰：“闻会稽王语奇进，尔邪？”刘曰：“极进，然故是第二流中人耳！”桓曰：“第一流复是谁？”刘曰：“正是我辈耳！”

三十八

殷侯既废，桓公语诸人曰：“少时与渊源共骑竹马，我弃去，己辄取之，故当出我下。”

三十九

人问抚军："殷浩谈竟何如？"答曰："不能胜人，差可献酬群心。"

四十

简文云："谢安南清令不如其弟，学义不及孔岩，居然自胜。"

四十一

未废海西公时，王元琳问桓元子："箕子、比干，迹异心同，不审明公孰是孰非？"曰："仁称不异，宁为管仲。"

四十二

刘丹阳、王长史在瓦官寺集，桓护军亦在坐，共商略西朝及江左人物。或问："杜弘治何如卫虎？"桓答曰："弘治肤清，卫虎奕奕神令。"王、刘善其言。

四十三

刘尹抚王长史背曰："阿奴比丞相，但有都长。"

四十四

刘尹、王长史同坐，长史酒酣起舞。刘尹曰："阿奴今日不复减向子期。"

四十五

桓公问孔西阳："安石何如仲文？"孔思未对，反问公曰："何如？”答曰：“安石居然不可陵践，其处故乃胜也。”

四十六

谢公与时贤共赏说，遏、胡儿并在坐。公问李弘度曰：“卿家平阳，何如乐令？”于是李潸然流涕曰：“赵王篡逆，乐令亲授玺绶。亡伯雅正，耻处乱朝，遂至仰药。恐难以相比！此自显于事实，非私亲之言。”谢公语胡儿曰：“有识者果不异人意。”

四十七

王修龄问王长史：“我家临川，何如卿家宛陵？”长史未答，修龄曰：“临川誉贵。”长史曰：“宛陵未为不贵。”

四十八

刘尹至王长史许清言，时苟子年十三，倚床边听。既去，问父曰：“刘尹语何如尊？”长史曰：“韶音令辞，不如我；往辄破的，胜我。”

四十九

谢万寿春败后，简文问郗超：“万自可败，那得乃尔失士卒情？”超曰：“伊以率任之性，欲区别智勇。”

五十

刘尹谓谢仁祖曰：“自吾有四友，门人加亲。”谓许玄度曰：“自吾有由，恶言不及于耳。”二人皆受而不恨。

五十一

世目殷中军："思纬淹通，比羊叔子。"

五十二

有人问谢安石、王坦之优劣于桓公。桓公停欲言，中悔，曰："卿喜传人语，不能复语卿。"

五十三

王中郎尝问刘长沙曰："我何如苟子？"刘答曰："卿才乃当不胜苟子，然会名处多。"王笑曰："痴！"

五十四

支道林问孙兴公："君何如许掾？"孙曰："高情远致，弟子蚤已服膺；一吟一咏，许将北面。"

五十五

王右军问许玄度："卿自言何如安石？"许未答，王因曰："安石故相为雄，阿万当裂眼争邪？"

五十六

刘尹云："人言江虨田舍，江乃自田宅屯。"

五十七

谢公云："金谷中苏绍最胜。"绍是石崇姊夫，苏则孙，愉子也。

五十八

刘尹目庾中郎：“虽言不愔愔似道，突兀差可以拟道。”

五十九

孙承公云：“谢公清于无奕，润于林道。”

六十

或问林公：“司州何如二谢？”林公曰：“故当攀安提万。”

六十一

孙兴公、许玄度皆一时名流。或重许高情，则鄙孙秽行；或爱孙才藻，而无取于许。

六十二

郗嘉宾道谢公：“造膝虽不深彻，而缠绵纶至。”又曰：“右军诣嘉宾。”嘉宾闻之云：“不得称诣，政得谓之朋耳！”谢公以嘉宾言为得。

六十三

庾道季云：“思理伦和，吾愧康伯；志力强正，吾愧文度。自此以还，吾皆百之。”

六十四

王僧恩轻林公，蓝田曰：“勿学汝兄，汝兄自不如伊。”

六十五

简文问孙兴公："袁羊何似？"答曰："不知者不负其才；知之者无取其体。"

六十六

蔡叔子云："韩康伯虽无骨干，然亦肤立。"

六十七

郗嘉宾问谢太傅曰："林公谈何如嵇公？"谢云："嵇公勤著脚，裁可得去耳。"又问："殷何如支？"谢曰："正尔有超拔，支乃过殷。然亹亹论辩，恐□欲制支。"

六十八

庾道季云："廉颇、蔺相如虽千载上死人，懔懔恒如有生气。曹蜍、李志虽见在，厌厌如九泉下人。人皆如此，便可结绳而治，但恐狐狸猯狢啖尽。"

六十九

卫君长是萧祖周妇兄，谢公问孙僧奴："君家道卫君长云何？"孙曰："云是世业人。"谢曰："殊不尔，卫自是理义人。"于时以比殷洪远。

七十

王子敬问谢公："林公何如庾公？"谢殊不受，答曰："先辈初无论，庾公自足没林公。"

七十一

谢遏诸人共道竹林优劣，谢公云："先辈初不臧贬七贤。"

七十二

有人以王中郎比车骑，车骑闻之曰："伊窟窟成就。"

七十三

谢太傅谓王孝伯："刘尹亦奇自知，然不言胜长史。"

七十四

王黄门兄弟三人俱诣谢公，子猷、子重多说俗事，子敬寒温而已。既出，坐客问谢公："向三贤孰愈？"谢公曰："小者最胜。"客曰："何以知之？"谢公曰："吉人之辞寡，躁人之辞多，推此知之。"

七十五

谢公问王子敬："君书何如君家尊？"答曰："固当不同。"公曰："外人论殊不尔。"王曰："外人那得知？"

七十六

王孝伯问谢太傅："林公何如长史？"太傅曰："长史韶兴。"问："何如刘尹？"谢曰："噫！刘尹秀。"王曰："若如公言，并不如此二人邪？"谢云："身意正尔也。"

七十七

人有问太傅："子敬可是先辈谁比？"谢曰："阿敬近撮王、刘之标。”

七十八

谢公语孝伯：“君祖比刘尹，故为得逮。”孝伯云：“刘尹非不能逮，直不逮。”

七十九

袁彦伯为吏部郎，子敬与郗嘉宾书曰：“彦伯已入，殊足顿兴往之气。故知捶挞自难为人，冀小却，当复差耳。”

八十

王子猷、子敬兄弟共赏《高士传》人及《赞》。子敬赏“井丹高洁”，子猷云：“未若长卿慢世。”

八十一

有人问袁侍中曰：“殷仲堪何如韩康伯？”答曰：“理义所得，优劣乃复未辨；然门庭萧寂，居然有名士风流，殷不及韩。”故殷作《诔》云：“荆门昼掩，闲庭晏然。”

八十二

王子敬问谢公：“嘉宾何如道季？”答曰：“道季诚复钞撮清悟，嘉宾故自上。”

八十三

王珣疾，临困，问王武冈曰：“世论以我家领军比谁？”武冈曰：

“世以比王北中郎。”东亭转卧向壁，叹曰：“人固不可以无年！”

八十四

王孝伯道谢公“浓至”。又曰：“长史虚，刘尹秀，谢公融。”

八十五

王孝伯问谢公：“林公何如右军？”谢曰：“右军胜林公，林公在司州前亦贵彻。”

八十六

桓玄为太傅，大会，朝臣毕集。坐裁竟，问王桢之曰：“我何如卿第七叔？”于时宾客为之咽气。王徐徐答曰：“亡叔是一时之标，公是千载之英。”一坐欢然。

八十七

桓玄问刘太常曰：“我何如谢太傅？”刘答曰：“公高，太傅深。”又曰：“何如贤舅子敬？”答曰：“楂、梨、橘、柚，各有其美。”

八十八

旧以桓谦比殷仲文。桓玄时，仲文入，桓于庭中望见之，谓同坐曰：“我家中军，那得及此也！”

规箴第十

一

汉武帝乳母尝于外犯事，帝欲申宪，乳母求救东方朔。朔曰：“此非唇舌所争，尔必望济者，将去时但当屡顾帝，慎勿言！此或可万一冀耳。”乳母既至，朔亦侍侧，因谓曰：“汝痴耳！帝岂复忆汝乳哺时恩邪？”帝虽才雄心忍，亦深有情恋，乃凄然愍之，即敕免罪。

二

京房与汉元帝共论，因问帝：“幽、厉之君何以亡？所任何人？”答曰：“其任人不忠。”房曰：“知不忠而任之，何邪？”曰：“亡国之君，各贤其臣，岂知不忠而任之？”房稽首曰：“将恐今之视古，亦犹后之视今也。”

三

陈元方遭父丧，哭泣哀恸，躯体骨立。其母愍之，窃以锦被蒙上。郭林宗吊而见之，谓曰：“卿海内之俊才，四方是则，如何当丧，锦被蒙上？孔子曰：‘衣夫锦也，食夫稻也，于汝安乎？’吾不取也！”奋衣而去。自后宾客绝百所日。

四

孙休好射雉，至其时则晨去夕反。群臣莫不止谏："此为小物，何足甚耽？"休曰："虽为小物，耿介过人，朕所以好之。"

五

孙皓问丞相陆凯曰："卿一宗在朝有几人？"陆曰："二相、五侯、将军十余人。"皓曰："盛哉！"陆曰："君贤臣忠，国之盛也。父慈子孝，家之盛也。今政荒民弊，覆亡是惧，臣何敢言盛！"

六

何晏、邓飏令管辂作卦，云："不知位至三公不？"卦成，辂称引古义，深以戒之。飏曰："此老生之常谈。"晏曰："知几其神乎！古人以为难。交疏吐诚，今人以为难。今君一面尽二难之道，可谓'明德惟馨'。《诗》不云乎：'中心藏之，何日忘之！'"

七

晋武帝既不悟太子之愚，必有传后意。诸名臣亦多献直言。帝尝在陵云台上坐，卫瓘在侧，欲申其怀，因如醉跪帝前，以手抚床曰："此坐可惜。"帝虽悟，因笑曰："公醉邪？"

八

王夷甫妇郭泰宁女，才拙而性刚，聚敛无厌，干豫人事。夷甫患之而不能禁。时其乡人幽州刺史李阳，京都大侠，犹汉之楼护，郭氏惮之。夷甫骤谏之，乃曰："非但我言卿不可，李阳亦谓卿不可。"郭氏小为之损。

九

王夷甫雅尚玄远，常嫉其妇贪浊，口未尝言“钱”字。妇欲试之，令婢以钱绕床，不得行。夷甫晨起，见钱阂行，呼婢曰：“举却阿堵物。”

十

王平子年十四五，见王夷甫妻郭氏贪欲，令婢路上儋粪。平子谏之，并言不可。郭大怒，谓平子曰：“昔夫人临终，以小郎嘱新妇，不以新妇嘱小郎！”急捉衣裾，将与杖。平子饶力，争得脱，逾窗而走。

十一

元帝过江犹好酒，王茂弘与帝有旧，常流涕谏。帝许之，命酌酒一酣，从是遂断。

十二

谢鲲为豫章太守，从大将军下至石头。敦谓鲲曰：“余不得复为盛德之事矣。”鲲曰：“何为其然？但使自今已后，日亡日去耳！”敦又称疾不朝，鲲谕敦曰：“近者，明公之举，虽欲大存社稷，然四海之内，实怀未达。若能朝天子，使群臣释然，万物之心于是乃服。仗民望以从众怀，尽冲退以奉主上，如斯，则勋侔一匡，名垂千载。”时人以为名言。

十三

元皇帝时，廷尉张闿在小市居，私作都门，早闭晚开，群小患之。诣州府诉，不得理，遂至樹登闻鼓，犹不被判。闻贺司空出至破冈，连名诣贺诉。贺曰："身被征作礼官，不关此事。"群小叩头曰："若府君复不见治，便无所诉。"贺未语，令且去，见张廷尉当为及之。张闻，即毁门，自至方山迎贺。贺出见辞之曰："此不必见关，但与君门情，相为惜之。"张愧谢曰："小人有如此，始不即知，早已毁坏。"

十四

郗太尉晚节好谈，既雅非所经，而甚矜之。后朝觐，以王丞相末年多可恨，每见，必欲苦相规诫。王公知其意，每引作它言。临还镇，故命驾诣丞相。丞相翘须厉色，上坐便言："方当乖别，必欲言其所见。"意满口重，辞殊不流。王公摄其次曰："后面未期，亦欲尽所怀，愿公勿复谈。"郗遂大瞋，冰衿而出，不得一言。

十五

王丞相为扬州，遣八部从事之职。顾和时为下传还，同时俱见。诸从事各奏二千石官长得失，至和独无言。王问顾曰："卿何所闻？"答曰："明公作辅，宁使网漏吞舟，何缘采听风闻，以为察察之政？"丞相咨磋称佳，诸从事自视缺然也。

十六

苏峻东征沈充，请吏部郎陆迈与俱。将至吴，密敕左右，令入阊门放火以示威。陆知其意，谓峻曰："吴治平未久，必将有乱。若为乱阶，请从我家始。"峻遂止。

十七

陆玩拜司空，有人诣之，索美酒，得，便自起，泻箸梁柱间地，祝曰："当今乏才，以尔为柱石之用，莫倾人栋梁。"玩笑曰："戢卿良箴。"

十八

小庾在荆州，公朝大会，问诸僚佐曰："我欲为汉高、魏武何如？"一坐莫答，长史江虨曰："愿明公为桓、文之事，不愿作汉高、魏武也。"

十九

罗君章为桓宣武从事，谢镇西作江夏，往检校之。罗既至，初不问郡事；径就谢数日，饮酒而还。桓公问有何事，君章云："不审公谓谢尚何似人。"桓公曰："仁祖是胜我许人。"君章云："岂有胜公人而行非者，故一无所问。"桓公奇其意而不责也。

二十

王右军与王敬仁、许玄度并善。二人亡后，右军为论议更克。孔岩诫之曰："明府昔与王、许周旋有情，及逝没之后，无慎终之好，民所不取。"右军甚愧。

二十一

谢中郎在寿春败，临奔走，犹求玉帖镫。太傅在军，前后初无损益之言。尔日犹云："当今岂须烦此？"

二十二

王大语东亭："卿乃复论成不恶，那得与僧弥戏！"

二十三

殷觊病困，看人政见半面。殷荆州兴晋阳之甲，往与觊别，涕零，属以消息所患。觊答曰："我病自当差，正忧汝患耳！"

二十四

远公在庐山中，虽老，讲论不辍。弟子中或有堕者，远公曰："桑榆之光，理无远照；但愿朝阳之晖，与时并明耳。"执经登坐，讽诵朗畅，词色甚苦。高足之徒，皆肃然增敬。

二十五

桓南郡好猎，每田狩，车骑甚盛。五六十里中，旌旗蔽隰。骋良马，驰击若飞，双甄所指，不避陵壑。或行陈不整，麏兔腾逸，参佐无不被系束。桓道恭，玄之族也，时为贼曹参军，颇敢直言。常自带绛绵绳箸腰中，玄问："此何为？"答曰："公猎，好缚人士，会当被缚，手不能堪芒也。"玄自此小差。

二十六

王绪、王国宝相为唇齿，并上下权要。王大不平其如此，乃谓绪曰："汝为此欻欻，曾不虑狱吏之为贵乎？"

二十七

桓玄欲以谢太傅宅为营，谢混曰："召伯之仁，犹惠及甘棠；文靖之德，更不保五亩之宅。"玄惭而止。

捷悟第十一

一

杨德祖为魏武主簿，时作相国门，始构榱桷，魏武自出看，使人题门作“活”字，便去。杨见，即令坏之。既竟，曰：“门中‘活’，‘阔’字。王正嫌门大也。”

二

人饷魏武一杯酪，魏武啖少许，盖头上题“合”字以示众。众莫能解。次至杨修，修便啖，曰：“公教人啖一口也，复何疑？”

三

魏武尝过曹娥碑下，杨修从，碑背上见题作“黄绢幼妇，外孙齑臼”八字。魏武谓修曰：“解不？”答曰：“解。”魏武曰：“卿未可言，待我思之。”行三十里，魏武乃曰：“吾已得。”令修别记所知。修曰：“黄绢，色丝也，于字为绝。幼妇，少女也，于字为妙。外孙，女子也，于字为好。齑臼，受辛也，于字为辞。所谓‘绝妙好辞’也。”魏武亦记之，与修同，乃叹曰：“我才不及卿，乃觉三十里。”

四

魏武征袁本初，治装，余有数十斛竹片，咸长数寸，众云并不堪用，正令烧除。太祖思所以用之，谓可为竹椑楯，而未显其言。驰使问主簿杨德祖。应声答之，与帝心同。众伏其辩悟。

五

王敦引军垂至大桁，明帝自出中堂。温峤为丹阳尹，帝令断大桁，故未断，帝大怒，瞋目，左右莫不悚惧。召诸公来。峤至不谢，但求酒炙。王导须臾至，徒跣下地，谢曰："天威在颜，遂使温峤不容得谢。"峤于是下谢，帝乃释然。诸公共叹王机悟名言。

六

郗司空在北府，桓宣武恶其居兵权。郗于事机素暗，遣笺诣桓："方欲共奖王室，修复园陵。"世子嘉宾出行，于道上闻信至，急取笺，视竟，寸寸毁裂，便回。还更作笺，自陈老病，不堪人间，欲乞闲地自养。宣武得笺大喜，即诏转公督五郡，会稽太守。

七

王东亭作宣武主簿，尝春月与石头兄弟乘马出郊。时彦同游者，连镳俱进。唯东亭一人常在前，觉数十步，诸人莫之解。石头等既疲倦，俄而乘舆回，诸人皆似从官，唯东亭奕奕在前。其悟捷如此。

夙惠第十二

一

宾客诣陈太丘宿，太丘使元方、季方炊。客与太丘论议，二人进火，俱委而窃听。炊忘箸箄，饭落釜中。太丘问：“炊何不馏？”元方、季方长跪曰：“大人与客语，乃俱窃听，炊忘箸箄，饭今成糜。”太丘曰：“尔颇有所识不？”对曰：“仿佛志之。”二子俱说，更相易夺，言无遗失。太丘曰：“如此，但糜自可，何必饭也？”

二

何晏七岁，明惠若神，魏武奇爱之。因晏在宫内，欲以为子。晏乃画地令方，自处其中。人问其故，答曰：“何氏之庐也。”魏武知之，即遣还。

三

晋明帝数岁，坐元帝膝上。有人从长安来，元帝问洛下消息，潸然流涕。明帝问何以致泣？具以东渡意告之。因问明帝：“汝意谓长安何如日远？”答曰：“日远。不闻人从日边来，居然可知。”元帝异之。明日集群臣宴会，告以此意，更重问之。乃答曰：“日近。”元帝失色，曰：“尔何故异昨日之言邪？”答曰：“举目见日，不见长安。”

四

司空顾和与时贤共清言，张玄之、顾敷是中外孙，年并七岁，在床边戏。于时闻语，神情如不相属。瞑于灯下，二儿共叙客主之言，都无遗失。顾公越席而提其耳曰：“不意衰宗复生此宝。”

五

韩康伯数岁，家酷贫，至大寒，止得襦。母殷夫人自成之，令康伯捉熨斗，谓康伯曰：“且箸襦，寻作复裈。”儿云：“已足，不须复裈也。”母问其故，答曰：“火在熨斗中而柄热，今既箸襦，下亦当暖，故不须耳。”母甚异之，知为国器。

六

晋孝武年十二，时冬天，昼日不箸复衣，但箸单练衫五六重，夜则累茵褥。谢公谏曰：“圣体宜令有常。陛下昼过冷，夜过热，恐非摄养之术。”帝曰：“昼动夜静。”谢公出叹曰：“上理不减先帝。”

七

桓宣武薨，桓南郡年五岁，服始除，桓车骑与送故文武别，因指与南郡：“此皆汝家故吏佐。”玄应声恸哭，酸感傍人。车骑每自目己坐曰：“灵宝成人，当以此坐还之。”鞠爱过于所生。

豪爽第十三

一

王大将军年少时，旧有田舍名，语音亦楚。武帝唤时贤共言伎艺事。人皆多有所知，唯王都无所关，意色殊恶，自言知打鼓吹。帝令取鼓与之，于坐振袖而起，扬槌奋击，音节谐捷，神气豪上，傍若无人。举坐叹其雄爽。

二

王处仲世许高尚之目，尝荒恣于色，体为之敝。左右谏之，处仲曰：“吾乃不觉尔。如此者，甚易耳！”乃开后阁，驱诸婢妾数十人出路，任其所之，时人叹焉。

三

王大将军自目：“高朗疏率，学通《左氏》。”

四

王处仲每酒后辄咏“老骥伏枥，志在千里。烈士暮年，壮心不已”。以如意打唾壶，壶口尽缺。

五

晋明帝欲起池台，元帝不许。帝时为太子，好养武士。一夕中作池，比晓便成。今太子西池是也。

六

王大将军始欲下都处分树置，先遣参军告朝廷，讽旨时贤。祖车骑尚未镇寿春，瞋目厉声语使人曰："卿语阿黑：何敢不逊！催摄面去，须臾不尔，我将三千兵槊脚令上！"王闻之而止。

七

庾稚恭既常有中原之志，文康时，权重未在己。及季坚作相，忌兵畏祸，与稚恭历同异者久之，乃果行。倾荆、汉之力，穷舟车之势，师次于襄阳，大会参佐，陈其旌甲，亲授弧矢曰："我之此行，若此射矣！"遂三起三叠，徒众属目，其气十倍。

八

桓宣武平蜀，集参僚置酒于李势殿，巴、蜀缙绅，莫不来萃。桓既素有雄情爽气，加尔日音调英发，叙古今成败由人，存亡系才，其状磊落，一坐叹赏。既散，诸人追味余言。于时寻阳周馥曰："恨卿辈不见王大将军。"

九

桓公读《高士传》，至于陵仲子，便掷去曰："谁能作此溪刻自处！"

十

桓石虔，司空豁之长庶也。小字镇恶，年十七八未被举，而童隶已呼为镇恶郎。尝住宣武斋头。从征枋头，车骑冲没陈，左右莫能先救。宣武谓曰："汝叔落贼，汝知不？"石虔闻之，气甚奋。命朱辟为副，策马于数万众中，莫有抗者，径致冲还，三军叹服。河朔后以其名断疟。

十一

陈林道在西岸，都下诸人共要至牛渚会。陈理既佳，人欲共言折。陈以如意拄颊，望鸡笼山叹曰："孙伯符志业不遂！"于是竟坐不得谈。

十二

王司州在谢公坐，咏"入不言兮出不辞，乘回风兮载云旗"。语人云："当尔时，觉一坐无人。"

十三

桓玄西下，入石头。外白"司马梁王奔叛"。玄时事形已济，在平乘上笳鼓并作，直高咏云："箫管有遗音，梁王安在哉？"

卷下之上

容止第十四

一

魏武将见匈奴使，自以形陋，不足雄远国，使崔季珪代，帝自捉刀立床头。既毕，令间谍问曰："魏王何如？"匈奴使答曰："魏王雅望非常，然床头捉刀人，此乃英雄也。"魏武闻之，追杀此使。

二

何平叔美姿仪，面至白；魏明帝疑其傅粉。正夏月，与热汤饼。既啖，大汗出，以朱衣自拭，色转皎然。

三

魏明帝使后弟毛曾与夏侯玄共坐，时人谓"蒹葭倚玉树"。

四

时人目“夏侯太初朗朗如日月之入怀，李安国颓唐如玉山之将崩。”

五

嵇康身长七尺八寸，风姿特秀。见者叹曰：“萧萧肃肃，爽朗清举。”或云：“肃肃如松下风，高而徐引。”山公曰：“嵇叔夜之为人也，岩岩若孤松之独立；其醉也，傀俄若玉山之将崩。”

六

裴令公目：“王安丰眼烂烂如岩下电。”

七

潘岳妙有姿容，好神情。少时挟弹出洛阳道，妇人遇者，莫不连手共萦之。左太冲绝丑，亦复效岳游遨，于是群妪齐共乱唾之，委顿而返。

八

王夷甫容貌整丽，妙于谈玄，恒捉白玉柄麈尾，与手都无分别。

九

潘安仁、夏侯湛并有美容，喜同行，时人谓之“连璧”。

十

裴令公有俊容姿，一旦有疾至困，惠帝使王夷甫往看，裴方向壁卧，闻王使至，强回视之。王出语人曰："双目闪闪，若岩下电，精神挺动，体中故小恶。"

十一

有人语王戎曰："嵇延祖卓卓如野鹤之在鸡群。"答曰："君未见其父耳！"

十二

裴令公有俊容仪，脱冠冕，粗服乱头皆好。时人以为"玉人"。见者曰："见裴叔则如玉山上行，光映照人。"

十三

刘伶身长六尺，貌甚丑悴，而悠悠忽忽，土木形骸。

十四

骠骑王武子是卫玠之舅，俊爽有风姿，见玠辄叹曰："珠玉在侧，觉我形秽！"

十五

有人诣王太尉，遇安丰、大将军、丞相在坐；往别屋见季胤、平子。还，语人曰："今日之行，触目见琳琅珠玉。"

十六

王丞相见卫洗马，曰："居然有羸形，虽复终日调畅，若不堪罗绮。"

十七

王大将军称太尉：“处众人中，似珠玉在瓦石间。”

十八

庾子嵩长不满七尺，腰带十围，颓然自放。

十九

卫玠从豫章至下都，人久闻其名，观者如堵墙。玠先有羸疾，体不堪劳，遂成病而死。时人谓“看杀卫玠”。

二十

周伯仁道桓茂伦：“嵚崎历落可笑人。”或云谢幼舆言。

二十一

周侯说王长史父：“形貌既伟，雅怀有概，保而用之，可作诸许物也。”

二十二

祖士少见卫君长云：“此人有旄仗下形。”

二十三

石头事故，朝廷倾覆。温忠武与庾文康投陶公求救，陶公云：“肃祖顾命不见及，且苏峻作乱，衅由诸庾，诛其兄弟，不足以谢天下。”于时庾在温船后闻之，忧怖无计。别日，温劝庾见陶，庾犹豫未能往，温曰：“溪狗我所悉，卿但见之，必无忧也！”庾风姿神貌，陶一见便改观。谈宴竟日，爱重顿至。

二十四

庾太尉在武昌，秋夜气佳景清，使吏殷浩、王胡之之徒登南楼理咏。音调始遒，闻函道中有屐声甚厉，定是庾公。俄而率左右十许人步来，诸贤欲起避之。公徐云："诸君少住，老子于此处兴复不浅！"因便据胡床，与诸人咏谑，竟坐甚得任乐。后王逸少下，与丞相言及此事。丞相曰："元规尔时风范，不得不小颓。"右军答曰："唯丘壑独存。"

二十五

王敬豫有美形，问讯王公。王公抚其肩曰："阿奴，恨才不称！"又云："敬豫事事似王公。"

二十六

王右军见杜弘治，叹曰："面如凝脂，眼如点漆，此神仙中人。"时人有称王长史形者，蔡公曰："恨诸人不见杜弘治耳！"

二十七

刘尹道桓公："鬓如反猬皮，眉如紫石棱，自是孙仲谋、司马宣王一流人。"

二十八

王敬伦风姿似父。作侍中，加授桓公公服，从大门入。桓公望之曰："大奴固自有凤毛。"

二十九

林公道王长史：“敛衿作一来，何其轩轩韶举！”

三十

时人目王右军：“飘如游云，矫若惊龙。”

三十一

王长史尝病，亲疏不通。林公来，守门人遽启之曰：“一异人在门，不敢不启。”王笑曰：“此必林公。”

三十二

或以方谢仁祖不乃重者。桓大司马曰：“诸君莫轻道，仁祖企脚北窗下弹琵琶，故自有天际真人想。”

三十三

王长史为中书郎，往敬和许。尔时积雪，长史从门外下车，步入尚书，著公服。敬和遥望，叹曰：“此不复似世中人！”

三十四

简文作相王时，与谢公共诣桓宣武。王珣先在内，桓语王：“卿尝欲见相王，可住帐里。”二客既去，桓谓王曰：“定何如？”王曰：“相王作辅，自然湛若神君，公亦万夫之望。不然，仆射何得自没？”

三十五

海西时，诸公每朝，朝堂犹暗；唯会稽王来，轩轩如朝霞举。

三十六

谢车骑道谢公："游肆复无乃高唱，但恭坐捻鼻顾睐，便自有寝处山泽间仪。"

三十七

谢公云："见林公双眼黯黯明黑。"孙兴公"见林公棱棱露其爽"。

三十八

庾长仁与诸弟入吴，欲住亭中宿。诸弟先上，见群小满屋，都无相避意。长仁曰："我试观之。"乃策杖将一小儿，始入门，诸客望其神姿，一时退匿。

三十九

有人叹王恭形茂者，云："濯濯如春月柳。"

自新第十五

一

周处年少时，凶强侠气，为乡里所患。又义兴水中有蛟，山中有邅迹虎，并皆暴犯百姓，义兴人谓为三横，而处尤剧。或说处杀虎斩蛟，实冀三横唯余其一。处即刺杀虎，又入水击蛟，蛟或浮或没，行数十里，处与之俱。经三日三夜，乡里皆谓已死，更相庆，竟杀蛟而出。闻里人相庆，始知为人情所患，有自改意。乃自吴寻二陆，平原不在，正见清河，具以情告，并云："欲自修改，而年已蹉跎，终无所成。"清河曰："古人贵朝闻夕死，况君前途尚可。且人患志之不立，亦何忧令名不彰邪？"处遂改励，终为忠臣孝子。

二

戴渊少时，游侠不治行检，尝在江、淮间攻掠商旅。陆机赴假还洛，辎重甚盛。渊使少年掠劫，渊在岸上，据胡床，指麾左右，皆得其宜。渊既神姿峰颖，虽处鄙事，神气犹异。机于船屋上遥谓之曰："卿才如此，亦复作劫邪？"渊便泣涕，投剑归机，辞厉非常。机弥重之，定交，作笔荐焉。过江，仕至征西将军。

企羡第十六

一

王丞相拜司空，桓廷尉作两髻、葛裙、策杖，路边窥之，叹曰：“人言阿龙超，阿龙故自超！”不觉至台门。

二

王丞相过江，自说昔在洛水边，数与裴成公、阮千里诸贤共谈道。羊曼曰：“人久以此许卿，何须复尔？”王曰：“亦不言我须此，但欲尔时不可得耳！”

三

王右军得人以《兰亭集序》方《金谷诗序》，又以己敌石崇，甚有欣色。

四

王司州先为庾公记室参军，后取殷浩为长史。始到，庾公欲遣王使下都，王自启求住曰：“下官希见盛德，渊源始至，犹贪与少日周旋。”

五

郗嘉宾得人以己比苻坚，大喜。

六

孟昶未达时，家在京口。尝见王恭乘高舆，被鹤氅裘。于时微雪，昶于篱间窥之，叹曰："此真神仙中人！"

伤逝第十七

一

王仲宣好驴鸣。既葬，文帝临其丧，顾语同游曰 :“王好驴鸣，可各作一声以送之。”赴客皆一作驴鸣。

二

王濬冲为尚书令，著公服，乘轺车，经黄公酒垆下过，顾谓后车客 :“吾昔与嵇叔夜、阮嗣宗共酣饮于此垆，竹林之游，亦预其末。自嵇生夭、阮公亡以来，便为时所羁绁。今日视此虽近，邈若山河。”

三

孙子荆以有才，少所推服，唯雅敬王武子。武子丧时，名士无不至者。子荆后来，临尸恸哭，宾客莫不垂涕。哭毕，向灵床曰 :“卿常好我作驴鸣，今我为卿作。”体似真声，宾客皆笑。孙举头曰 :“使君辈存，令此人死！”

四

王戎丧儿万子，山简往省之，王悲不自胜。简曰 :“孩抱中物，何至于此？”王曰：“圣人忘情，最下不及情；情之所钟，正在我辈。”简服其言，更为之恸。

五

有人哭和长舆曰：“峨峨若千丈松崩。”

六

卫洗马以永嘉六年丧，谢鲲哭之，感动路人。咸和中，丞相王公教曰：“卫洗马当改葬。此君风流名士，海内所瞻，可修薄祭，以敦旧好。”

七

顾彦先平生好琴，及丧，家人常以琴置灵床上。张季鹰往哭之，不胜其恸，遂径上床，鼓琴，作数曲竟，抚琴曰：“顾彦先颇复赏此不？”因又大恸，遂不执孝子手而出。

八

庾亮儿遭苏峻难遇害。诸葛道明女为庾儿妇，既寡，将改适，与亮书及之。亮答曰：“贤女尚少，故其宜也。感念亡儿，若在初没。”

九

庾文康亡，何扬州临葬云：“埋玉树箸土中，使人情何能已已！”

十

王长史病笃，寝卧镫下，转麈尾视之，叹曰：“如此人，曾不得四十！”及亡，刘尹临殡，以犀柄麈尾箸柩中，因恸绝。

十一

支道林丧法虔之后，精神霣丧，风味转坠。常谓人曰：“昔匠石废斤于郢人，牙生辍弦于钟子，推己外求，良不虚也！冥契既逝，发言莫赏，中心蕴结，余其亡矣！”却后一年，支遂殒。

十二

郗嘉宾丧，左右白郗公“郎丧”，既闻，不悲，因语左右：“殡时可道。”公往临殡，一恸几绝。

十三

戴公见林法师墓，曰：“德音未远，而拱木已积。冀神理绵绵，不与气运俱尽耳！”

十四

王子敬与羊绥善。绥清淳简贵，为中书郎，少亡。王深相痛悼，语东亭云：“是国家可惜人！”

十五

王东亭与谢公交恶。王在东闻谢丧，便出都诣子敬，道欲哭谢公。子敬始卧，闻其言，便惊起曰：“所望于法护。”王于是往哭。督帅刁约不听前，曰：“官平生在时，不见此客。”王亦不与语，直前，哭甚恸，不执末婢手而退。

十六

王子猷、子敬俱病笃，而子敬先亡。子猷问左右："何以都不闻消息？此已丧矣！"语时了不悲。便索舆来奔丧，都不哭。子敬素好琴，便径入坐灵床上，取子敬琴弹，弦既不调，掷地云："子敬！子敬！人琴俱亡。"因恸绝良久，月余亦卒。

十七

孝武山陵夕，王孝伯入临，告其诸弟曰："虽榱桷惟新，便自有《黍离》之哀！"

十八

羊孚年三十一卒，桓玄与羊欣书曰："贤从情所信寄，暴疾而殒，祝予之叹，如何可言！"

十九

桓玄当篡位，语卞鞠云："昔羊子道恒禁吾此意。今腹心丧羊孚，爪牙失索元，而匆匆作此诋突，讵允天心？"

栖逸第十八

一

阮步兵啸，闻数百步。苏门山中，忽有真人，樵伐者咸共传说。阮籍往观，见其人拥膝岩侧。籍登岭就之，箕踞相对。籍商略终古，上陈黄、农玄寂之道，下考三代盛德之美，以问之，仡然不应。复叙有为之教，栖神导气之术以观之，彼犹如前，凝瞩不转。籍因对之长啸。良久，乃笑曰："可更作。"籍复啸。意尽，退，还半岭许，闻上啾然有声，如数部鼓吹，林谷传响。顾看，乃向人啸也。

二

嵇康游于汲郡山中，遇道士孙登，遂与之游。康临去，登曰："君才则高矣，保身之道不足。"

三

山公将去选曹，欲举嵇康；康与书告绝。

四

李廞是茂曾第五子，清贞有远操，而少羸病，不肯婚宦。居在临海，住兄侍中墓下。既有高名，王丞相欲招礼之，故辟为府掾。庾得笺命，笑曰："茂弘乃复以一爵假人！"

五

何骠骑弟以高情避世，而骠骑劝之令仕。答曰："予第五之名，何必减骠骑？"

六

阮光禄在东山，萧然无事，常内足于怀。有人以问王右军，右军曰："此君近不惊宠辱，虽古之沉冥，何以过此？"

七

孔车骑少有嘉遁意，年四十余，始应安东命。未仕宦时，常独寝，歌吹自箴诲，自称孔郎，游散名山。百姓谓有道术，为生立庙。今犹有孔郎庙。

八

南阳刘𬴂之，高率善史传，隐于阳岐。于时苻坚临江，荆州刺史桓冲将尽訏谟之益，征为长史，遣人船往迎，赠贶甚厚。𬴂之闻命，便升舟，悉不受所饷，缘道以乞穷乏，比至上明亦尽。一见冲，因陈无用，翛然而退。居阳岐积年，衣食有无常与村人共。值己匮乏，村人亦如之。甚厚为乡闾所安。

九

南阳翟道渊与汝南周子南少相友，共隐于寻阳。庾太尉说周以当世之务，周遂仕，翟秉志弥固。其后周诣翟，翟不与语。

十

孟万年及弟少孤，居武昌阳新县。万年游宦，有盛名当世，少孤未尝出，京邑人士思欲见之，乃遣信报少孤，云“兄病笃”。狼狈至都。时贤见之者，莫不嗟重，因相谓曰：“少孤如此，万年可死。”

十一

康僧渊在豫章，去郭数十里，立精舍。旁连岭，带长川，芳林列于轩庭，清流激于堂宇。乃闲居研讲，希心理味，庾公诸人多往看之。观其运用吐纳，风流转佳。加已处之怡然，亦有以自得，声名乃兴。后不堪，遂出。

十二

戴安道既厉操东山，而其兄欲建式遏之功。谢太傅曰：“卿兄弟志业，何其太殊？”戴曰：“下官‘不堪其忧’，家弟‘不改其乐’。”

十三

许玄度隐在永兴南幽穴中，每致四方诸侯之遗。或谓许曰：“尝闻箕山人似不尔耳！”许曰：“筐篚苞苴，故当轻于天下之宝耳！”

十四

范宣未尝入公门，韩康伯与同载，遂诱俱入郡，范便于车后趋下。

十五

郗超每闻欲高尚隐退者，辄为办百万资，并为造立居宇。在剡为戴公起宅，甚精整。戴始往旧居，与所亲书曰："近至剡，如官舍。"郗为傅约亦办百万资，傅隐事差互，故不果遗。

十六

许掾好游山水，而体便登陟。时人云："许非徒有胜情，实有济胜之具。"

十七

郗尚书与谢居士善，常称："谢庆绪识见虽不绝人，可以累心处都尽。"

贤媛第十九

一

陈婴者，东阳人。少修德行，著称乡党。秦末大乱，东阳人欲奉婴为主，母曰："不可！自我为汝家妇，少见贫贱，一旦富贵，不祥！不如以兵属人。事成，少受其利；不成，祸有所归。"

二

汉元帝宫人既多，乃令画工图之，欲有呼者，辄披图召之。其中常者，皆行货赂。王明君姿容甚丽，志不苟求，工遂毁为其状。后匈奴来和，求美女于汉帝，帝以明君充行。既召见而惜之。但名字已去，不欲中改，于是遂行。

三

汉成帝幸赵飞燕，飞燕谗班婕妤祝诅，于是考问。辞曰："妾闻死生有命，富贵在天。修善尚不蒙福，为邪欲以何望？若鬼神有知，不受邪佞之诉；若其无知，诉之何益？故不为也。"

四

魏武帝崩，文帝悉取武帝宫人自侍。及帝病困，卞后出看疾。太后入户，见直侍并是昔日所爱幸者。太后问："何时来邪？"云："正伏魄时过。"因不复前而叹曰："狗鼠不食汝余，死故应尔！"至山陵，亦竟不临。

五

赵母嫁女，女临去，敕之曰："慎勿为好！"女曰："不为好，可为恶邪？"母曰："好尚不可为，其况恶乎？"

六

许允妇是阮卫尉女，德如妹，奇丑。交礼竟，允无复入理，家人深以为忧。会允有客至，妇令婢视之，还，答曰："是桓郎。"桓郎者，桓范也。妇云："无忧，桓必劝入。"桓果语许云："阮家既嫁丑女与卿，故当有意，卿宜察之。"许便回入内。既见妇，即欲出。妇料其此出，无复入理，便捉裾停之。许因谓曰："妇有四德，卿有其几？"妇曰："新妇所乏唯容尔。然士有百行，君有几？"许云："皆备。"妇曰："夫百行以德为首，君好色不好德，何谓皆备？"允有惭色，遂相敬重。

七

许允为吏部郎，多用其乡里，魏明帝遣虎贲收之。其妇出诫允曰："明主可以理夺，难以情求。"既至，帝核问之。允对曰："'举尔所知。'臣之乡人，臣所知也。陛下检校为称职与不？若不称职，臣受其罪。"既检校，皆官得其人，于是乃释。允衣服败坏，诏赐新衣。初，允被收，举家号哭。阮新妇自若云："勿忧，寻还。"作粟粥待，顷之允至。

八

许允为晋景王所诛，门生走入告其妇。妇正在机中，神色不变，曰："蚤知尔耳！"门人欲藏其儿，妇曰："无豫诸儿事。"后徙居墓所，景王遣钟会看之，若才流及父，当收。儿以咨母。母曰："汝等虽佳，才具不多，率胸怀与语，便无所忧。不须极哀，会止便止。又可少问朝事。"儿从之。会反以状对，卒免。

九

王公渊娶诸葛诞女。入室，言语始交，王谓妇曰："新妇神色卑下，殊不似公休！"妇曰："大丈夫不能仿佛彦云，而令妇人比踪英杰！"

十

王经少贫苦，仕至二千石，母语之曰："汝本寒家子，仕至二千石，此可以止乎！"经不能用。为尚书，助魏，不忠于晋，被收。涕泣辞母曰："不从母敕，以至今日！"母都无慽容，语之曰："为子则孝，为臣则忠。有孝有忠，何负吾邪？"

十一

山公与嵇、阮一面，契若金兰。山妻韩氏，觉公与二人异于常交，问公，公曰："我当年可以为友者，唯此二生耳！"妻曰："负羁之妻亦亲观狐、赵，意欲窥之，可乎？"他日，二人来，妻劝公止之宿，具酒肉。夜穿墉以视之，达旦忘反。公入曰："二人何如？"妻曰："君才致殊不如，正当以识度相友耳。"公曰："伊辈亦常以我度为胜。”

十二

王浑妻钟氏生女令淑，武子为妹求简美对而未得。有兵家子，有俊才，欲以妹妻之，乃白母，曰：“诚是才者，其地可遗，然要令我见。”武子乃令兵儿与群小杂处，使母帷中察之。既而，母谓武子曰：“如此衣形者，是汝所拟者非邪？”武子曰：“是也。”母曰：“此才足以拔萃，然地寒，不有长年，不得申其才用。观其形骨，必不寿，不可与婚。”武子从之。兵儿数年果亡。

十三

贾充前妇，是李丰女。丰被诛，离婚徙边。后遇赦得还，充先已取郭配女。武帝特听置左右夫人。李氏别住外，不肯还充舍。郭氏语充：“欲就省李。”充曰：“彼刚介有才气，卿往不如不去。”郭氏于是盛威仪，多将侍婢。既至，入户，李氏起迎，郭不觉脚自屈，因跪再拜。既反，语充，充曰：“语卿道何物？”

十四

贾充妻李氏作《女训》，行于世。李氏女，齐献王妃；郭氏女，惠帝后。充卒，李、郭女各欲令其母合葬，经年不决。贾后废，李氏乃祔葬，遂定。

十五

王汝南少无婚，自求郝普女。司空以其痴，会无婚处，任其意，便许之。既婚，果有令姿淑德。生东海，遂为王氏母仪。或问汝南何以知之？曰：“尝见井上取水，举动容止不失常，未尝忤观。以此知之。”

十六

王司徒妇，钟氏女，太傅曾孙，亦有俊才女德。钟、郝为娣姒，雅相亲重。钟不以贵陵郝，郝亦不以贱下钟。东海家内，则郝夫人之法。京陵家内，范钟夫人之礼。

十七

李平阳，秦州子，中夏名士，于时以比王夷甫。孙秀初欲立威权，咸云："乐令民望不可杀，减李重者又不足杀。"遂逼重自裁。初，重在家，有人走从门入，出髻中疏示重，重看之色动。入内示其女，女直叫"绝"。了其意，出则自裁。此女甚高明，重每咨焉。

十八

周浚作安东时，行猎，值暴雨，过汝南李氏。李氏富足，而男子不在。有女名络秀，闻外有贵人，与一婢于内宰猪羊，作数十人饮食，事事精办，不闻有人声。密觇之，独见一女子，状貌非常，浚因求为妾。父兄不许。络秀曰："门户殄瘁，何惜一女？若连姻贵族，将来或大益。"父兄从之。遂生伯仁兄弟。络秀语伯仁等："我所以屈节为汝家作妾，门户计耳！汝若不与吾家作亲亲者，吾亦不惜余年。"伯仁等悉从命。由此李氏在世，得方幅齿遇。

十九

陶公少有大志，家酷贫，与母湛氏同居。同郡范逵素知名，举孝廉，投侃宿。于时冰雪积日，侃室如悬磬，而逵马仆甚多。侃母湛氏语侃曰："汝但出外留客，吾自为计。"湛头发委地，下为二髲，卖得数斛米，斫诸屋柱，悉割半为薪，剉诸荐以为马草。日夕，遂设精食，从者皆无所乏。逵既叹其才辩，又深愧其厚意。明旦去，侃追送不已，且百里许。逵曰："路已远，君宜还。"侃犹不返，逵曰："卿可去矣！至洛阳，当相为美谈。"侃乃返。逵及洛，遂称之于羊晫、顾荣诸人，大获美誉。

二十

陶公少时，作鱼梁吏，尝以坩鲊饷母。母封鲊付使，反书责侃曰："汝为吏，以官物见饷，非唯不益，乃增吾忧也。"

二十一

桓宣武平蜀，以李势妹为妾，甚有宠，常著斋后。主始不知，既闻，与数十婢拔白刃袭之。正值李梳头，发委藉地，肤色玉曜，不为动容。徐曰："国破家亡，无心至此。今日若能见杀，乃是本怀。"主惭而退。

二十二

庾玉台，希之弟也。希诛，将戮玉台。玉台子妇，宣武弟桓豁女也。徒跣求进，阍禁不内。女厉声曰："是何小人？我伯父门，不听我前！"因突入，号泣请曰："庾玉台常因人，脚短三寸，当复能作贼不？"宣武笑曰："婿故自急。"遂原玉台一门。

二十三

谢公夫人帏诸婢，使在前作伎，使太傅暂见，便下帏。太傅索更开，夫人云："恐伤盛德。"

二十四

桓车骑不好著新衣。浴后，妇故送新衣与。车骑大怒，催使持去。妇更持还，传语云："衣不经新，何由而故？"桓公大笑，著之。

二十五

王右军郗夫人谓二弟司空、中郎曰："王家见二谢，倾筐倒庋；见汝辈来，平平尔。汝可无烦复往。"

二十六

王凝之谢夫人既往王氏，大薄凝之。既还谢家，意大不说。太傅慰释之曰："王郎，逸少之子，人材亦不恶，汝何以恨乃尔？"答曰："一门叔父，则有阿大、中郎。群从兄弟，则有封、胡、遏、末。不意天壤之中，乃有王郎！"

二十七

韩康伯母，隐古几毁坏，卞鞠见几恶，欲易之。答曰："我若不隐此，汝何以得见古物？"

二十八

王江州夫人语谢遏曰："汝何以都不复进，为是尘务经心，天分有限？"

二十九

郗嘉宾丧，妇兄弟欲迎妹还，终不肯归。曰："生纵不得与郗郎同室，死宁不同穴！"

三十

谢遏绝重其姊，张玄常称其妹，欲以敌之。有济尼者，并游张、谢二家。人问其优劣，答曰："王夫人神情散朗，故有林下风气。顾家妇清心玉映，自是闺房之秀。"

三十一

王尚书惠尝看王右军夫人，问："眼耳未觉恶不？"答曰："发白齿落，属乎形骸；至于眼耳，关于神明，那可便与人隔！"

三十二

韩康伯母殷，随孙绘之之衡阳，于阖庐洲中逢桓南郡。卞鞠是其外孙，时来问讯。谓鞠曰："我不死，见此竖二世作贼！"在衡阳数年，绘之遇桓景真之难也，殷抚尸哭曰："汝父昔罢豫章，征书朝至夕发。汝去郡邑数年，为物不得动，遂及于难，夫复何言？"

术解第二十

一

荀勖善解音声，时论谓之“暗解”。遂调律吕，正雅乐。每至正会，殿庭作乐，自调宫商，无不谐韵。阮咸妙赏，时谓“神解”。每公会作乐，而心谓之不调。既无一言直勖，意忌之，遂出阮为始平太守。后有一田父耕于野，得周时玉尺，便是天下正尺。荀试以校己所治钟鼓、金石、丝竹，皆觉短一黍，于是伏阮神识。

二

荀勖尝在晋武帝坐上食笋进饭，谓在坐人曰：“此是劳薪炊也。”坐者未之信，密遣问之，实用故车脚。

三

人有相羊祜父墓，后应出受命君。祜恶其言，遂掘断墓后，以坏其势。相者立视之曰：“犹应出折臂三公。”俄而祜坠马折臂，位果至公。

四

王武子善解马性。尝乘一马，箸连钱障泥。前有水，终日不肯渡。王云："此必是惜障泥。"使人解去，便径渡。

五

陈述为大将军掾，甚见爱重。及亡，郭璞往哭之，甚哀，乃呼曰："嗣祖，焉知非福！"俄而大将军作乱，如其所言。

六

晋明帝解占冢宅，闻郭璞为人葬，帝微服往看。因问主人："何以葬龙角？此法当灭族！"主人曰："郭云：'此葬龙耳，不出三年，当致天子。'"帝问："为是出天子邪？"答曰："非出天子，能致天子问耳。"

七

郭景纯过江，居于暨阳，墓去水不盈百步，时人以为近水。景纯曰："将当为陆。"今沙涨，去墓数十里皆为桑田。其诗曰："北阜烈烈，巨海混混；垒垒三坟，唯母与昆。"

八

王丞相令郭璞试作一卦，卦成，郭意色甚恶，云："公有震厄！"王问："有可消伏理不？"郭曰："命驾西出数里，得一柏树，截断如公长，置床上常寝处，灾可消矣。"王从其语。数日中，果震柏粉碎，子弟皆称庆。大将军云："君乃复委罪于树木。"

九

桓公有主簿善别酒，有酒辄令先尝。好者谓“青州从事”，恶者谓“平原督邮”。青州有齐郡，平原有鬲县。“从事”言到脐，“督邮”言在鬲上住。

十

郗愔信道甚精勤，常患腹内恶，诸医不可疗。闻于法开有名，往迎之。既来，便脉云：“君侯所患，正是精进太过所致耳。”合一剂汤与之。一服，即大下，去数段许纸如拳大；剖看，乃先所服符也。

十一

殷中军妙解经脉，中年都废。有常所给使，忽叩头流血。浩问其故，云：“有死事，终不可说。”诘问良久，乃云：“小人母年垂百岁，抱疾来久，若蒙官一脉，便有活理。讫就屠戮无恨。”浩感其至性，遂令舁来，为诊脉处方。始服一剂汤，便愈。于是悉焚经方。

巧艺第二十一

一

弹棋始自魏宫内，用妆奁戏。文帝于此戏特妙，用手巾角拂之，无不中。有客自云能，帝使为之。客著葛巾角，低头拂棋，妙逾于帝。

二

陵云台楼观精巧，先称平众木轻重，然后造构，乃无锱铢相负揭。台虽高峻，常随风摇动，而终无倾倒之理。魏明帝登台，惧其势危，别以大材扶持之，楼即颓坏。论者谓轻重力偏故也。

三

韦仲将能书。魏明帝起殿，欲安榜，使仲将登梯题之。既下，头鬓皓然，因敕儿孙："勿复学书。"

四

钟会是荀济北从舅，二人情好不协。荀有宝剑，可直百万，常在母钟夫人许。会善书，学荀手迹，作书与母取剑，仍窃去不还。荀勖知是钟而无由得也，思所以报之。后钟兄弟以千万起一宅，始成，甚精丽，未得移住。荀极善画，乃潜往画钟门堂，作太傅形象，衣冠状貌如平生。二钟入门，便大感恸，宅遂空废。

五

羊长和博学工书，能骑射，善围棋。诸羊后多知书，而射、奕余艺莫逮。

六

戴安道就范宣学，视范所为：范读书亦读书，范钞书亦钞书。唯独好画，范以为无用，不宜劳思于此。戴乃画《南都赋》图；范看毕咨嗟，甚以为有益，始重画。

七

谢太傅云："顾长康画，有苍生来所无。"

八

戴安道中年画行像甚精妙。庾道季看之，语戴云："神明太俗，由卿世情未尽。"戴云："唯务光当免卿此语耳。"

九

顾长康画裴叔则，颊上益三毛。人问其故，顾曰："裴楷俊朗有识具，正此是其识具。"看画者寻之，定觉益三毛如有神明，殊胜未安时。

十

王中郎以围棋是坐隐，支公以围棋为手谈。

十一

顾长康好写起人形。欲图殷荆州，殷曰："我形恶，不烦耳。"顾曰："明府正为眼尔。但明点童子，飞白拂其上，使如轻云之蔽日。"

十二

顾长康画谢幼舆在岩石里。人问其所以，顾曰："谢云：'一丘一壑，自谓过之。'此子宜置丘壑中。"

十三

顾长康画人，或数年不点目精。人问其故，顾曰："四体妍蚩，本无关于妙处；传神写照，正在阿堵中。"

十四

顾长康道画："手挥五弦易，目送归鸿难。"

宠礼第二十二

一

元帝正会，引王丞相登御床，王公固辞，中宗引之弥苦。王公曰："使太阳与万物同晖，臣下何以瞻仰？"

二

桓宣武尝请参佐入宿，袁宏、伏滔相次而至。莅名，府中复有袁参军，彦伯疑焉，令传教更质。传教曰："参军是袁、伏之袁，复何所疑？"

三

王珣、郗超并有奇才，为大司马所眷拔。珣为主簿，超为记室参军。超为人多须，珣状短小。于时荆州为之语曰："髯参军，短主簿，能令公喜，能令公怒。"

四

许玄度停都一月，刘尹无日不往，乃叹曰："卿复少时不去，我成轻薄京尹！"

五

孝武在西堂会，伏滔预坐。还，下车呼其儿，语之曰："百人高会，临坐未得他语，先问'伏滔何在？在此不？'此故未易得。为人作父如此，何如？"

六

卞范之为丹阳尹，羊孚南州暂还，往卞许，云："下官疾动不堪坐。"卞便开帐拂褥，羊径上大床，入被须枕。卞回坐倾睐，移晨达莫。羊去，卞语曰："我以第一理期卿，卿莫负我。"

任诞第二十三

一

陈留阮籍，谯国嵇康，河内山涛，三人年皆相比，康年少亚之。预此契者：沛国刘伶，陈留阮咸，河内向秀，琅邪王戎。七人常集于竹林之下，肆意酣畅，故世谓“竹林七贤”。

二

阮籍遭母丧，在晋文王坐进酒肉。司隶何曾亦在坐，曰：“明公方以孝治天下，而阮籍以重丧，显于公坐饮酒食肉，宜流之海外，以正风教。”文王曰：“嗣宗毁顿如此，君不能共忧之，何谓？且有疾而饮酒食肉，固丧礼也！”籍饮啖不辍，神色自若。

三

刘伶病酒，渴甚，从妇求酒。妇捐酒毁器，涕泣谏曰：“君饮太过，非摄生之道，必宜断之！”伶曰：“甚善。我不能自禁，唯当祝鬼神，自誓断之耳！便可具酒肉。”妇曰：“敬闻命。”供酒肉于神前，请伶祝誓。伶跪而祝曰：“天生刘伶，以酒为名，一饮一斛，五斗解酲。妇人之言，慎不可听。”便引酒进肉，隗然已醉矣。

四

刘公荣与人饮酒，杂秽非类，人或讥之。答曰："胜公荣者，不可不与饮；不如公荣者，亦不可不与饮；是公荣辈者，又不可不与饮。"故终日共饮而醉。

五

步兵校尉缺，厨中有贮酒数百斛，阮籍乃求为步兵校尉。

六

刘伶恒纵酒放达，或脱衣裸形在屋中，人见讥之。伶曰："我以天地为栋宇，屋室为裈衣，诸君何为入我裈中？"

七

阮籍嫂尝还家，籍见与别。或讥之，籍曰："礼岂为我辈设也？"

八

阮公邻家妇有美色，当垆酤酒。阮与王安丰常从妇饮酒，阮醉，便眠其妇侧。夫始殊疑之，伺察，终无他意。

九

阮籍当葬母，蒸一肥豚，饮酒二斗，然后临诀，直言"穷矣"！都得一号，因吐血，废顿良久。

十

阮仲容、步兵居道南，诸阮居道北。北阮皆富，南阮贫。七月七日，北阮盛晒衣，皆纱罗锦绮。仲容以竿挂大布犊鼻㡓于中庭。人或怪之，答曰："未能免俗，聊复尔耳！"

十一

阮步兵丧母，裴令公往吊之。阮方醉，散发坐床，箕踞不哭。裴至，下席于地，哭吊唁毕，便去。或问裴："凡吊，主人哭，客乃为礼。阮既不哭，君何为哭？"裴曰："阮方外之人，故不崇礼制；我辈俗中人，故以仪轨自居。"时人叹为两得其中。

十二

诸阮皆能饮酒，仲容至宗人间共集，不复用常杯斟酌，以大瓮盛酒，围坐，相向大酌。时有群猪来饮，直接去上，便共饮之。

十三

阮浑长成，风气韵度似父，亦欲作达。步兵曰："仲容已预之，卿不得复尔。"

十四

裴成公妇，王戎女。王戎晨往裴许，不通径前。裴从床南下，女从北下，相对作宾主，了无异色。

十五

阮仲容先幸姑家鲜卑婢。及居母丧，姑当远移，初云当留婢，既发，定将去。仲容借客驴箸重服自追之，累骑而返。曰："人种不可失！"即遥集之母也。

十六

任恺既失权势，不复自检括。或谓和峤曰："卿何以坐视元裒败而不救？"和曰："元裒如北夏门，拉攞自欲坏，非一木所能支。"

十七

刘道真少时，常渔草泽，善歌啸，闻者莫不留连。有一老妪，识其非常人，甚乐其歌啸，乃杀豚进之。道真食豚尽，了不谢。妪见不饱，又进一豚，食半余半，乃还之。后为吏部郎，妪儿为小令史，道真超用之。不知所由，问母，母告之。于是赍牛酒诣道真，道真曰："去！去！无可复用相报。"

十八

阮宣子常步行，以百钱挂杖头，至酒店，便独酣畅。虽当世贵盛，不肯诣也。

十九

山季伦为荆州，时出酣畅。人为之歌曰："山公时一醉，径造高阳池。日莫倒载归，茗艼无所知。复能乘骏马，倒箸白接篱。举手问葛彊，何如并州儿？"高阳池在襄阳。彊是其爱将，并州人也。

二十

张季鹰纵任不拘，时人号为"江东步兵"。或谓之曰："卿乃可纵适一时，独不为身后名邪？"答曰："使我有身后名，不如即时一杯酒！"

二十一

毕茂世云："一手持蟹螯，一手持酒杯，拍浮酒池中，便足了一生。"

二十二

贺司空入洛赴命，为太孙舍人。经吴阊门，在船中弹琴。张季鹰本不相识，先在金阊亭，闻弦甚清，下船就贺，因共语。便大相知说。问贺："卿欲何之？"贺曰："入洛赴命，正尔进路。"张曰："吾亦有事北京。"因路寄载，便与贺同发。初不告家，家追问乃知。

二十三

祖车骑过江时，公私俭薄，无好服玩。王、庾诸公共就祖，忽见裘袍重叠，珍饰盈列，诸公怪问之。祖曰："昨夜复南塘一出。"祖于时恒自使健儿鼓行劫钞，在事之人，亦容而不问。

二十四

鸿胪卿孔群好饮酒。王丞相语云："卿何为恒饮酒？不见酒家覆瓿布，日月糜烂？"群曰："不尔，不见糟肉，乃更堪久。"群尝书与亲旧："今年田得七百斛秫米，不了麴糵事。"

二十五

有人讥周仆射与亲友言戏，秽杂无检节。周曰："吾若万里长江，何能不千里一曲。"

二十六

温太真位未高时，屡与扬州、淮中估安樗蒱，与辄不竞。尝一过，大输物，戏屈，无因得反。与庾亮善，于舫中大唤亮曰："卿可赎我！"庾即送直，然后得还。经此数四。

二十七

温公喜慢语，卞令礼法自居。至庾公许，大相剖击。温发口鄙秽，庾公徐曰："太真终日无鄙言。"

二十八

周伯仁风德雅重，深达危乱。过江积年，恒大饮酒。尝经三日不醒，时人谓之"三日仆射"。

二十九

卫君长为温公长史，温公甚善之。每率尔提酒脯就卫，箕踞相对弥日。卫往温许亦尔。

三十

苏峻乱，诸庾逃散。庾冰时为吴郡，单身奔亡，民吏皆去，唯郡卒独以小船载冰出钱塘口，蘧篨覆之。时峻赏募觅冰，属所在搜检甚急。卒舍船市渚，因饮酒醉还，舞棹向船曰："何处觅庾吴郡？此中便是。"冰大惶怖，然不敢动。监司见船小装狭，谓卒狂醉，都不复疑。自送过浙江，寄山阴魏家，得免。后事平，冰欲报卒，适其所愿。卒曰："出自厮下，不愿名器。少苦执鞭，恒患不得快饮酒，使其酒足余年毕矣，无所复须。"冰为起大舍，市奴婢，使门内有百斛酒，终其身。时谓此卒非唯有智，且亦达生。

三十一

殷洪乔作豫章郡，临去，都下人因附百许函书。既至石头，悉掷水中，因祝曰：“沉者自沉，浮者自浮，殷洪乔不能作致书邮。”

三十二

王长史、谢仁祖同为王公掾。长史云：“谢掾能作异舞。”谢便起舞，神意甚暇。王公熟视，谓客曰：“使人思安丰。”

三十三

王、刘共在杭南，酣宴于桓子野家。谢镇西往尚书墓还，葬后三日反哭。诸人欲要之，初遣一信，犹未许，然已停车。重要，便回驾。诸人门外迎之，把臂便下，裁得脱帻，箸帽酣宴。半坐，乃觉未脱衰。

三十四

桓宣武少家贫，戏大输，债主敦求甚切，思自振之方，莫知所出。陈郡袁耽，俊迈多能。宣武欲求救于耽，耽时居艰，恐致疑，试以告焉。应声便许，略无慊吝。遂变服怀布帽随温去，与债主戏。耽素有艺名，债主就局，曰：“汝故当不办作袁彦道邪？”遂共戏。十万一掷，直上百万数。投马绝叫，傍若无人，探布帽掷对人曰：“汝竟识袁彦道不？”

三十五

王光禄云：“酒，正使人人自远。”

三十六

刘尹云：“孙承公狂士，每至一处，赏玩累日，或回至半路却返。”

三十七

袁彦道有二妹：一适殷渊源，一适谢仁祖。语桓宣武云：“恨不更有一人配卿。”

三十八

桓车骑在荆州，张玄为侍中，使至江陵，路经阳岐村，俄见一人，持半小笼生鱼，径来造船云：“有鱼，欲寄作脍。”张乃维舟而纳之。问其姓字，称是刘遗民。张素闻其名，大相忻待。刘既知张衔命，问：“谢安、王文度并佳不？”张甚欲话言，刘了无停意。既进脍，便去，云：“向得此鱼，观君船上当有脍具，是故来耳。”于是便去。张乃追至刘家，为设酒，殊不清旨。张高其人，不得已而饮之。方共对饮，刘便先起，云：“今正伐荻，不宜久废。”张亦无以留之。

三十九

王子猷诣郗雍州，雍州在内。见有𣰆㲣，云：“阿乞那得此物？”令左右送还家。郗出见之，王曰：“向有大力者负之而趋。”郗无忤色。

四十

谢安始出西戏，失车牛，便杖策步归。道逢刘尹，语曰 :“安石将无伤? ”谢乃同载而归。

四十一

襄阳罗友有大韵，少时多谓之痴。尝伺人祠，欲乞食，往太蚤，门未开。主人迎神出见，问以非时，何得在此，答曰 :“闻卿祠，欲乞一顿食耳。”遂隐门侧。至晓，得食便退，了无怍容。为人有记功，从桓宣武平蜀，按行蜀城阙观宇，内外道陌广狭，植种果竹多少，皆默记之。后宣武漂洲与简文集，友亦预焉。共道蜀中事，亦有所遗忘，友皆名列，曾无错漏。宣武验以蜀城阙簿，皆如其言。坐者叹服。谢公云 :“罗友讵减魏阳元! ”后为广州刺史，当之镇，刺史桓豁语令莫来宿。答曰 :“民已有前期。主人贫，或有酒馔之费，见与甚有旧，请别日奉命。”征西密遣人察之。至日，乃往荆州门下书佐家，处之怡然，不异胜达。在益州语儿云 :“我有五百人食器。”家中大惊。其由来清，而忽有此物，定是二百五十沓乌樏。

四十二

桓子野每闻清歌，辄唤“奈何! ”谢公闻之曰 :“子野可谓一往有深情。”

四十三

张湛好于斋前种松柏。时袁山松出游，每好令左右作挽歌。时人谓 :“张屋下陈尸，袁道上行殡。”

四十四

罗友作荆州从事，桓宣武为王车骑集别。友进，坐良久，辞出，宣武曰：“卿向欲咨事，何以便去？”答曰：“友闻白羊肉美，一生未曾得吃，故冒求前耳，无事可咨。今已饱，不复须驻。”了无惭色。

四十五

张骥酒后挽歌甚凄苦，桓车骑曰：“卿非田横门人，何乃顿尔至致？”

四十六

王子猷尝暂寄人空宅住，便令种竹。或问：“暂住何烦尔？”王啸咏良久，直指竹曰：“何可一日无此君？”

四十七

王子猷居山阴，夜大雪，眠觉，开室，命酌酒，四望皎然。因起仿偟，咏左思《招隐诗》。忽忆戴安道。时戴在剡，即便夜乘小船就之。经宿方至，造门不前而返。人问其故，王曰：“吾本乘兴而行，兴尽而返，何必见戴？”

四十八

王卫军云：“酒正自引人箸胜地。”

四十九

王子猷出都，尚在渚下。旧闻桓子野善吹笛，而不相识。遇桓于岸上过，王在船中，客有识之者，云是桓子野。王便令人与相闻云：

“闻君善吹笛，试为我一奏。”桓时已贵显，素闻王名，即便回下车，踞胡床，为作三调。弄毕，便上车去。客主不交一言。

五十

桓南郡被召作太子洗马，船泊荻渚。王大服散后已小醉，往看桓。桓为设酒，不能冷饮，频语左右：“令温酒来！”桓乃流涕呜咽，王便欲去。桓以手巾掩泪，因谓王曰：“犯我家讳，何预卿事？”王叹曰：“灵宝故自达。”

五十一

王孝伯问王大：“阮籍何如司马相如？”王大曰：“阮籍胸中垒块，故须酒浇之。”

五十二

王佛大叹言：“三日不饮酒，觉形神不复相亲。”

五十三

王孝伯言：“名士不必须奇才，但使常得无事，痛饮酒，熟读《离骚》，便可称名士。”

五十四

王长史登茅山，大恸哭曰：“琅邪王伯舆，终当为情死。”

简傲第二十四

一

晋文王功德盛大，坐席严敬，拟于王者。唯阮籍在坐，箕踞啸歌，酣放自若。

二

王戎弱冠诣阮籍，时刘公荣在坐。阮谓王曰：“偶有二斗美酒，当与君共饮，彼公荣者，无预焉。”二人交觞酬酢，公荣遂不得一杯，而言语谈戏，三人无异。或有问之者，阮答曰：“胜公荣者，不得不与饮酒；不如公荣者，不可不与饮酒；唯公荣，可不与饮酒。”

三

钟士季精有才理，先不识嵇康。钟要于时贤俊之士，俱往寻康。康方大树下锻，向子期为佐鼓排。康扬槌不辍，旁若无人，移时不交一言。钟起去，康曰：“何所闻而来？何所见而去？”钟曰：“闻所闻而来，见所见而去。”

四

嵇康与吕安善，每一相思，千里命驾。安后来，值康不在，喜出户延之，不入。题门上作“凤”字而去。喜不觉，犹以为欣故作。“凤”字，凡鸟也。

五

陆士衡初入洛，咨张公所宜诣，刘道真是其一。陆既往，刘尚在哀制中。性嗜酒，礼毕，初无他言，唯问：“东吴有长柄壶卢，卿得种来不？”陆兄弟殊失望，乃悔往。

六

王平子出为荆州，王太尉及时贤送者倾路。时庭中有大树，上有鹊巢。平子脱衣巾，径上树取鹊子。凉衣拘阂树枝，便复脱去。得鹊子还，下弄，神色自若，傍若无人。

七

高坐道人于丞相坐，恒偃卧其侧。见卞令，肃然改容云：“彼是礼法人。”

八

桓宣武作徐州，时谢奕为晋陵。先粗经虚怀，而乃无异常。及桓还荆州，将西之间，意气甚笃，奕弗之疑。唯谢虎子妇王悟其旨。每曰：“桓荆州用意殊异，必与晋陵俱西矣！”俄而引奕为司马。奕既上，犹推布衣交。在温坐，岸帻啸咏，无异常日。宣武每曰：“我方外司马。”遂因酒，转无朝夕礼。桓舍入内，奕辄复随去。后至奕醉，温往主许避之。主曰：“君无狂司马，我何由得相见？”

九

谢万在兄前，欲起索便器。于时阮思旷在坐曰："新出门户，笃而无礼。"

十

谢中郎是王蓝田女婿，尝箸白纶巾，肩舆径至扬州听事见王，直言曰："人言君侯痴，君侯信自痴。"蓝田曰："非无此论，但晚令耳。"

十一

王子猷作桓车骑骑兵参军，桓问曰："卿何署？"答曰："不知何署，时见牵马来，似是马曹。"桓又问："官有几马？"答曰："不问马，何由知其数？"又问："马比死多少？"答曰："未知生，焉知死？"

十二

谢公尝与谢万共出西，过吴郡。阿万欲相与共萃王恬许，太傅云："恐伊不必酬汝意，不足尔！"万犹苦要，太傅坚不回，万乃独往。坐少时，王便入门内，谢殊有欣色，以为厚待己。良久，乃沐头散发而出，亦不坐，仍据胡床，在中庭晒头，神气傲迈，了无相酬对意。谢于是乃还。未至船，逆呼太傅。安曰："阿螭不作尔！"

十三

王子猷作桓车骑参军。桓谓王曰："卿在府久，比当相料理。"初不答，直高视，以手版拄颊云："西山朝来，致有爽气。"

十四

谢万北征，常以啸咏自高，未尝抚慰众士。谢公甚器爱万，而审其必败，乃俱行，从容谓万曰："汝为元帅，宜数唤诸将宴会，以说众心。"万从之。因召集诸将，都无所说，直以如意指四坐云："诸君皆是劲卒。"诸将甚忿恨之。谢公欲深箸恩信，自队主将帅以下，无不身造，厚相逊谢。及万事败，军中因欲除之。复云："当为隐士。"故幸而得免。

十五

王子敬兄弟见郗公，蹑履问讯，甚修外生礼。及嘉宾死，皆箸高屐，仪容轻慢。命堂，皆云"有事，不暇坐"。既去，郗公慨然曰："使嘉宾不死，鼠辈敢尔！"

十六

王子猷尝行过吴中，见一士大夫家极有好竹。主已知子猷当往，乃洒扫施设，在听事坐相待。王肩舆径造竹下，讽啸良久。主已失望，犹冀还当通，遂直欲出门。主人大不堪，便令左右闭门不听出。王更以此赏主人，乃留坐，尽欢而去。

十七

王子敬自会稽经吴，闻顾辟疆有名园。先不识主人，径往其家，值顾方集宾友酣燕。而王游历既毕，指麾好恶，傍若无人。顾勃然不堪曰："傲主人，非礼也；以贵骄人，非道也。失此二者，不足齿人，伧耳！"便驱其左右出门。王独在舆上，回转顾望，左右移时不至，然后令送箸门外，怡然不屑。

卷下之下

排调第二十五

一

诸葛瑾为豫州，遣别驾到台，语云：“小儿知谈，卿可与语。”连往诣恪，恪不与相见。后于张辅吴坐中相遇，别驾唤恪：“咄咄郎君。”恪因嘲之曰：“豫州乱矣，何咄咄之有？”答曰：“君明臣贤，未闻其乱。”恪曰：“昔唐尧在上，四凶在下。”答曰：“非唯四凶，亦有丹朱。”于是一坐大笑。

二

晋文帝与二陈共车，过唤钟会同载，即驶车委去。比出，已远。既至，因嘲之曰：“与人期行，何以迟迟？望卿遥遥不至。”会答曰：“矫然懿实，何必同群？”帝复问会：“皋繇何如人？”答曰：“上不及尧、舜，下不逮周、孔，亦一时之懿士。”

三

钟毓为黄门郎，有机警，在景王坐燕饮。时陈群子玄伯、武周子元夏同在坐，共嘲毓。景王曰：“皋繇何如人？”对曰：“古之懿士。”顾谓玄伯、元夏曰：“君子周而不比，群而不党。”

四

嵇、阮、山、刘在竹林酣饮，王戎后往。步兵曰：“俗物已复来败人意！”王笑曰：“卿辈意，亦复可败邪？”

五

晋武帝问孙皓：“闻南人好作《尔汝歌》，颇能为不？”皓正饮酒，因举觞劝帝而言曰：“昔与汝为邻，今与汝为臣。上汝一杯酒，令汝寿万春。”帝悔之。

六

孙子荆年少时欲隐，语王武子“当枕石漱流”，误曰“漱石枕流”。王曰：“流可枕，石可漱乎？”孙曰：“所以枕流，欲洗其耳；所以漱石，欲砺其齿。”

七

头责秦子羽云：“子曾不如太原温颙、颍川荀寓、范阳张华、士卿刘许、义阳邹湛、河南郑诩？此数子者，或謇吃无宫商，或尪陋希言语，或淹伊多姿态，或讙哗少智谞，或口如含胶饴，或头如巾齑杵，而犹以文采可观，意思详序，攀龙附凤，并登天府。”

八

王浑与妇钟氏共坐，见武子从庭过，浑欣然谓妇曰：“生儿如此，足慰人意。”妇笑曰：“若使新妇得配参军，生儿故可不啻如此！”

九

荀鸣鹤、陆士龙二人未相识，俱会张茂先坐。张令共语。以其并有大才，可勿作常语。陆举手曰：“云间陆士龙。”荀答曰：“日下荀鸣鹤。”陆曰：“既开青云睹白雉，何不张尔弓，布尔矢？”荀答曰：“本谓云龙骙骙，定是山鹿野麋。兽弱弩强，是以发迟。”张乃抚掌大笑。

十

陆太尉诣王丞相，王公食以酪。陆还遂病。明日与王笺云：“昨食酪小过，通夜委顿。民虽吴人，几为伧鬼。”

十一

元帝皇子生，普赐群臣。殷洪乔谢曰：“皇子诞育，普天同庆。臣无勋焉，而猥颁厚赉。”中宗笑曰：“此事岂可使卿有勋邪？”

十二

诸葛令、王丞相共争姓族先后，王曰：“何不言葛、王，而云王、葛？”令曰：“譬言驴马，不言马驴，驴宁胜马邪？”

十三

刘真长始见王丞相，时盛暑之月，丞相以腹熨弹棋局，曰："何乃渹！"刘既出，人问见王公云何，刘曰："未见他异，唯闻作吴语耳。"

十四

王公与朝士共饮酒，举琉璃碗谓伯仁曰："此碗腹殊空，谓之宝器，何邪？"答曰："此碗英英，诚为清彻，所以为宝耳！"

十五

谢幼舆谓周侯曰："卿类社树，远望之，峨峨拂青天；就而视之，其根则群狐所托，下聚溷而已！"答曰："枝条拂青天，不以为高；群狐乱其下，不以为浊。聚溷之秽，卿之所保，何足自称！"

十六

王长豫幼便和令，丞相爱恣甚笃。每共围棋，丞相欲举行，长豫按指不听。丞相笑曰："讵得尔？相与似有瓜葛。"

十七

明帝问周伯仁："真长何如人？"答曰："故是千斤犗特。"王公笑其言。伯仁曰："不如卷角牸，有盘辟之好。"

十八

王丞相枕周伯仁膝，指其腹曰："卿此中何所有？"答曰："此中空洞无物，然容卿辈数百人。"

十九

干宝向刘真长叙其《搜神记》，刘曰："卿可谓鬼之董狐。"

二十

许文思往顾和许，顾先在帐中眠。许至，便径就床角枕共语。既而唤顾共行，顾乃命左右取枕上新衣，易己体上所著。许笑曰："卿乃复有行来衣乎？"

二十一

康僧渊目深而鼻高，王丞相每调之。僧渊曰："鼻者面之山，目者面之渊。山不高则不灵，渊不深则不清。"

二十二

何次道往瓦官寺礼拜甚勤。阮思旷语之曰："卿志大宇宙，勇迈终古。"何曰："卿今日何故忽见推？"阮曰："我图数千户郡，尚不能得；卿乃图作佛，不亦大乎！"

二十三

庾征西大举征胡，既成行，止镇襄阳。殷豫章与书，送一折角如意以调之。庾答书曰："得所致，虽是败物，犹欲理而用之。"

二十四

桓大司马乘雪欲猎，先过王、刘诸人许。真长见其装束单急，问："老贼欲持此何作？"桓曰："我若不为此，卿辈亦那得坐谈？"

二十五

褚季野问孙盛："卿国史何当成？"孙云："久应竟，在公无暇，故至今日。"褚曰："古人'述而不作'，何必在蚕室中！"

二十六

谢公在东山，朝命屡降而不动。后出为桓宣武司马，将发新亭，朝士咸出瞻送。高灵时为中丞，亦往相祖。先时，多少饮酒，因倚如醉，戏曰："卿屡违朝旨，高卧东山，诸人每相与言：'安石不肯出，将如苍生何？'今亦苍生将如卿何？"谢笑而不答。

二十七

初，谢安在东山居，布衣，时兄弟已有富贵者，翕集家门，倾动人物。刘夫人戏谓安曰："大丈夫不当如此乎？"谢乃捉鼻曰："但恐不免耳！"

二十八

支道林因人就深公买印山，深公答曰："未闻巢、由买山而隐。"

二十九

王、刘每不重蔡公。二人尝诣蔡，语良久，乃问蔡曰："公自言何如夷甫？"答曰："身不如夷甫。"王、刘相目而笑曰："公何处不如？"答曰："夷甫无君辈客！"

三十

张吴兴年八岁，亏齿，先达知其不常，故戏之曰："君口中何为开狗窦？”张应声答曰：“正使君辈从此中出入！”

三十一

郝隆七月七日出日中仰卧。人问其故，答曰：“我晒书。”

三十二

谢公始有东山之志，后严命屡臻，势不获已，始就桓公司马。于时人有饷桓公药草，中有“远志”。公取以问谢：“此药又名‘小草’，何一物而有二称？”谢未即答。时郝隆在坐，应声答曰：“此甚易解：处则为远志，出则为小草。”谢甚有愧色。桓公目谢而笑曰：“郝参军此过乃不恶，亦极有会。”

三十三

庾园客诣孙监，值行，见齐庄在外，尚幼，而有神意。庾试之曰：“孙安国何在？”即答曰：“庾稚恭家。”庾大笑曰：“诸孙大盛，有儿如此！”又答曰：“未若诸庾之翼翼。”还，语人曰：“我故胜，得重唤奴父名。”

三十四

范玄平在简文坐，谈欲屈，引王长史曰：“卿助我。”王曰：“此非拔山力所能助！”

三十五

郝隆为桓公南蛮参军，三月三日会，作诗。不能者，罚酒三升。隆初以不能受罚，既饮，揽笔便作一句云：“娵隅跃清池。”桓问：

“娵隅是何物？”答曰：“蛮名鱼为娵隅。”桓公曰：“作诗何以作蛮语？”隆曰：“千里投公，始得蛮府参军，那得不作蛮语也！”

三十六

袁羊尝诣刘恢，恢在内眠未起。袁因作诗调之曰：“角枕粲文茵，锦衾烂长筵。”刘尚晋明帝女，主见诗，不平曰：“袁羊，古之遗狂！”

三十七

殷洪远答孙兴公诗云：“聊复放一曲。”刘真长笑其语拙，问曰：“君欲云那放？”殷曰：“榼腊亦放，何必其枪铃邪？”

三十八

桓公既废海西，立简文，侍中谢公见桓公拜。桓惊笑曰：“安石，卿何事至尔？”谢曰：“未有君拜于前，臣立于后！”

三十九

郗重熙与谢公书，道：“王敬仁闻一年少怀问鼎。不知桓公德衰，为复后生可畏？”

四十

张苍梧是张凭之祖，尝语凭父曰：“我不如汝。”凭父未解所以。苍梧曰：“汝有佳儿。”凭时年数岁，敛手曰：“阿翁，讵宜以子戏父？”

四十一

习凿齿、孙兴公未相识，同在桓公坐。桓语孙："可与习参军共语。"孙云："'蠢尔蛮荆'，敢与大邦为仇？"习云："'薄伐猃狁'，至于太原。"

四十二

桓豹奴是王丹阳外生，形似其舅，桓甚讳之。宣武云："不恒相似，时似耳！恒似是形，时似是神。"桓逾不说。

四十三

王子猷诣谢万，林公先在坐，瞻瞩甚高。王曰："若林公须发并全，神情当复胜此不？"谢曰："唇齿相须，不可以偏亡。须发何关于神明！"林公意甚恶，曰："七尺之躯，今日委君二贤。"

四十四

郗司空拜北府，王黄门诣郗门拜，云："应变将略，非其所长。"骤咏之不已。郗仓谓嘉宾曰："公今日拜，子猷言语殊不逊，深不可容！"嘉宾曰："此是陈寿作诸葛评。人以汝家比武侯，复何所言？"

四十五

王子猷诣谢公，谢曰："云何七言诗？"子猷承问，答曰："昂昂若千里之驹，泛泛若水中之凫。"

四十六

王文度、范荣期俱为简文所要。范年大而位小，王年小而位大。

将前，更相推在前。既移久，王遂在范后。王因谓曰："簸之扬之，糠秕在前。"范曰："洮之汰之，沙砾在后。"

四十七

刘遵祖少为殷中军所知，称之于庾公。庾公甚忻然，便取为佐。既见，坐之独榻上与语。刘尔日殊不称，庾小失望，遂名之为"羊公鹤"。昔羊叔子有鹤善舞，尝向客称之。客试使驱来，氃氋而不肯舞。故称比之。

四十八

魏长齐雅有体量，而才学非所经。初宦当出，虞存嘲之曰："与卿约法三章：谈者死，文笔者刑，商略抵罪。"魏怡然而笑，无忤于色。

四十九

郗嘉宾书与袁虎，道戴安道、谢居士云："恒任之风，当有所弘耳。"以袁无恒，故以此激之。

五十

范启与郗嘉宾书曰："子敬举体无饶，纵掇皮无余润。"郗答曰："举体无余润，何如举体非真者？"范性矜假多烦，故嘲之。

五十一

二郗奉道，二何奉佛，皆以财贿。谢中郎云："二郗谄于道，二何佞于佛。"

五十二

王文度在西州，与林法师讲，韩、孙诸人并在坐。林公理每欲小屈，孙兴公曰："法师今日如著弊絮在荆棘中，触地挂阂。"

五十三

范荣期见郗超俗情不淡，戏之曰："夷、齐、巢、许，一诣垂名，何必劳神苦形，支策据梧邪？"郗未答。韩康伯曰："何不使游刃皆虚？"

五十四

简文在殿上行，右军与孙兴公在后。右军指简文语孙曰："此啖名客！"简文顾曰："天下自有利齿儿。"后王光禄作会稽，谢车骑出曲阿祖之，王孝伯罢秘书丞在坐，谢言及此事，因视孝伯曰："王丞齿似不钝。"王曰："不钝，颇亦验。"

五十五

谢遏夏月尝仰卧，谢公清晨卒来，不暇著衣，跣出屋外，方蹑履问讯。公曰："汝可谓前倨而后恭。"

五十六

顾长康作殷荆州佐，请假还东。尔时例不给布帆，顾苦求之，乃得。发至破冢，遭风大败。作笺与殷云："地名破冢，真破冢而出。行人安稳，布帆无恙。"

五十七

苻朗初过江，王咨议大好事，问中国人物及风土所生，终无极已，朗大患之。次复问奴婢贵贱，朗云："谨厚有识中者乃至十万，无意为奴婢问者止数千耳。"

五十八

东府客馆是版屋。谢景重诣太傅，时宾客满中，初不交言，直仰视云："王乃复西戎其屋。"

五十九

顾长康啖甘蔗，先食尾。问所以，云："渐至佳境。"

六十

孝武属王珣求女婿，曰："王敦、桓温，磊砢之流，既不可复得，且小如意，亦好豫人家事，酷非所须。正如真长、子敬比，最佳。"珣举谢混。后袁山松欲拟谢婚，王曰："卿莫近禁脔。"

六十一

桓南郡与殷荆州语次，因共作了语。顾恺之曰："火烧平原无遗燎。"桓曰："白布缠棺竖旒旐。"殷曰："投鱼深渊放飞鸟。"次复作危语。桓曰："矛头淅米剑头炊。"殷曰："百岁老翁攀枯枝。"顾曰："井上辘轳卧婴儿。"殷有一参军在坐，云："盲人骑瞎马，夜半临深池。"殷曰："咄咄逼人！"仲堪眇目故也。

六十二

桓玄出射，有一刘参军与周参军朋赌，垂成，唯少一破。刘谓周曰：“卿此起不破，我当挞卿。”周曰：“何至受卿挞？”刘曰：“伯禽之贵，尚不免挞，而况于卿！”周殊无忤色。桓语庾伯鸾曰：“刘参军宜停读书，周参军且勤学问。”

六十三

桓南郡与道曜讲《老子》，王侍中为主簿在坐。桓曰：“王主簿，可顾名思义。”王未答，且大笑。桓曰：“王思道能作大家儿笑。”

六十四

祖广行恒缩头。诣桓南郡，始下车，桓曰：“天甚晴朗，祖参军如从屋漏中来。”

六十五

桓玄素轻桓崖，崖在京下有好桃，玄连就求之，遂不得佳者。

轻诋第二十六

一

王太尉问眉子："汝叔名士，何以不相推重？"眉子曰："何有名士终日妄语？"

二

庾元规语周伯仁："诸人皆以君方乐。"周曰："何乐？谓乐毅邪？"庾曰："不尔，乐令耳！"周曰："何乃刻画无盐，以唐突西子也。"

三

深公云："人谓庾元规名士，胸中柴棘三斗许。"

四

庾公权重，足倾王公。庾在石头，王在冶城坐，大风扬尘，王以扇拂尘曰："元规尘污人！"

五

王右军少时甚涩讷，在大将军许，王、庾二公后来，右军便起欲去。大将军留之曰：“尔家司空、元规，复可所难？”

六

王丞相轻蔡公，曰：“我与安期、千里共游洛水边，何处闻有蔡充儿？”

七

褚太傅初渡江，尝入东，至金昌亭。吴中豪右，燕集亭中。褚公虽素有重名，于时造次不相识别。敕左右多与茗汁，少箸粽，汁尽辄益，使终不得食。褚公饮讫，徐举手共语云：“褚季野！”于是四座惊散，无不狼狈。

八

王右军在南，丞相与书，每叹子侄不令。云：“虎㹠、虎犊，还其所如。”

九

褚太傅南下，孙长乐于船中视之。言次，及刘真长死。孙流涕，因讽咏曰：“人之云亡，邦国殄瘁。”褚大怒曰：“真长平生，何尝相比数，而卿今日作此面向人！”孙回泣向褚曰：“卿当念我！”时咸笑其才而性鄙。

十

谢镇西书与殷扬州，为真长求会稽。殷答曰："真长标同伐异，侠之大者。常谓使君降阶为甚，乃复为之驱驰邪？"

十一

桓公入洛，过淮、泗，践北境，与诸僚属登平乘楼，眺瞩中原，慨然曰："遂使神州陆沉，百年丘墟，王夷甫诸人，不得不任其责！"袁虎率而对曰："运自有废兴，岂必诸人之过？"桓公懔然作色，顾谓四坐曰："诸君颇闻刘景升不？有大牛重千斤，啖刍豆十倍于常牛，负重致远，曾不若一羸牸。魏武入荆州，烹以飨士卒，于时莫不称快。"意以况袁。四坐既骇，袁亦失色。

十二

袁虎、伏滔同在桓公府，桓公每游燕，辄命袁、伏，袁甚耻之，恒叹曰："公之厚意，未足以荣国士，与伏滔比肩，亦何辱如之！"

十三

高柔在东，甚为谢仁祖所重。既出，不为王、刘所知。仁祖曰："近见高柔，大自敷奏，然未有所得。"真长云："故不可在偏地居，轻在角觸中，为人作议论。"高柔闻之，云："我就伊无所求。"人有向真长学此言者，真长曰："我实亦无可与伊者。"然游燕犹与诸人书："可要安固。"安固者，高柔也。

十四

刘尹、江虨、王叔虎、孙兴公同坐，江、王有相轻色。虨以手歙叔虎云："酷吏！"词色甚强。刘尹顾谓："此是瞋邪？非特是丑言声，拙视瞻。"

十五

孙绰作《列仙·商丘子赞》曰："所牧何物？殆非真猪。倘遇风云，为我龙摅。"时人多以为能。王蓝田语人云："近见孙家儿作文，道何物真猪也。"

十六

桓公欲迁都，以张拓定之业。孙长乐上表谏此议甚有理。桓见表心服，而忿其为异，令人致意孙云："君何不寻《遂初赋》，而强知人家国事！"

十七

孙长乐兄弟就谢公宿，言至款杂。刘夫人在壁后听之，具闻其语。谢公明日还，问："昨客何似？"刘对曰："亡兄门，未有如此宾客！"谢深有愧色。

十八

简文与许玄度共语，许云："举君、亲以为难。"简文便不复答。许去后而言曰："玄度故可不至于此！"

十九

谢万寿春败后还，书与王右军云："惭负宿顾。"右军推书曰："此禹、汤之戒。"

二十

蔡伯喈睹睐笛椽，孙兴公听妓，振且摆折。王右军闻，大嗔曰："三祖寿乐器，虺瓦吊孙家儿打折。"

二十一

王中郎与林公绝不相得。王谓林公诡辩，林公道王云："箸腻颜帢，缔布单衣，挟《左传》，逐郑康成车后，问是何物尘垢囊？"

二十二

孙长乐作王长史《诔》云："余与夫子，交非势利，心犹澄水，同此玄味。"王孝伯见曰："才士不逊，亡祖何至与此人周旋！"

二十三

谢太傅谓子侄曰："中郎始是独有千载！"车骑曰："中郎衿抱未虚，复那得独有？"

二十四

庾道季诧谢公曰："裴郎云：'谢安谓裴郎乃可不恶，何得为复饮酒？'裴郎又云：'谢安目支道林，如九方皋之相马，略其玄黄，取其俊逸。'"谢公云："都无此二语，裴自为此辞耳！"庾意甚不以为好，因陈东亭《经酒垆下赋》。读毕，都不下赏裁，直云："君乃复作裴氏学！"于此《语林》遂废。今时有者，皆是先写，无复谢语。

二十五

王北中郎不为林公所知，乃箸论《沙门不得为高士论》。大略云：

“高士必在于纵心调畅，沙门虽云俗外，反更束于教，非情性自得之谓也。”

二十六

人问顾长康：“何以不作洛生咏？”答曰：“何至作老婢声！”

二十七

殷颉、庾恒并是谢镇西外孙。殷少而率悟，庾每不推。尝俱诣谢公，谢公熟视殷曰：“阿巢故似镇西。”于是庾下声语曰：“定何似？”谢公续复云：“巢颊似镇西。”庾复云：“颊似，足作健不？”

二十八

旧目韩康伯：“将肘无风骨。”

二十九

苻宏叛来归国，谢太傅每加接引，宏自以有才，多好上人，坐上无折之者。适王子猷来，太傅使共语。子猷直孰视良久，回语太傅云：“亦复竟不异人！”宏大惭而退。

三十

支道林入东，见王子猷兄弟。还，人问：“见诸王何如？”答曰：“见一群白颈乌，但闻唤哑哑声。”

三十一

王中郎举许玄度为吏部郎。郗重熙曰：“相王好事，不可使阿讷在坐。”

三十二

王兴道谓："谢望蔡霍霍如失鹰师。"

三十三

桓南郡每见人不快，辄嗔云："君得哀家梨，当复不烝食不？"

假谲第二十七

一

魏武少时，尝与袁绍好为游侠，观人新婚，因潜入主人园中，夜叫呼云："有偷儿贼！"青庐中人皆出观，魏武乃入，抽刃劫新妇与绍还出。失道，坠枳棘中，绍不能得动。复大叫云："偷儿在此！"绍遑迫自掷出，遂以俱免。

二

魏武行役，失汲道，军皆渴，乃令曰："前有大梅林，饶子，甘酸，可以解渴。"士卒闻之，口皆出水，乘此得及前源。

三

魏武常言："人欲危己，己辄心动。"因语所亲小人曰："汝怀刃密来我侧，我必说心动，执汝使行刑，汝但勿言其使，无他，当厚相报！"执者信焉，不以为惧。遂斩之。此人至死不知也。左右以为实，谋逆者挫气矣。

四

魏武常云："我眠中不可妄近，近便斫人，亦不自觉，左右宜深慎此！"后阳眠，所幸一人窃以被覆之，因便斫杀。自尔每眠，左右莫敢近者。

五

袁绍年少时，曾遣人夜以剑掷魏武，少下，不箸。魏武揆之，其后来必高，因帖卧床上，剑至果高。

六

王大将军既为逆，顿军姑孰。晋明帝以英武之才，犹相猜惮，乃箸戎服，骑巴賨马，赍一金马鞭，阴察军形势。未至十余里，有一客姥，居店卖食，帝过愒之，谓姥曰："王敦举兵图逆，猜害忠良，朝廷骇惧，社稷是忧。故劬劳晨夕，用相觇察。恐形迹危露，或致狼狈。追迫之日，姥其匿之。"便与客姥马鞭而去。行敦营匝而出，军士觉，曰："此非常人也！"敦卧心动，曰："此必黄须鲜卑奴来！"命骑追之，已觉多许里，追士因问向姥："不见一黄须人骑马度此邪？"姥曰："去已久矣，不可复及。"于是骑人息意而反。

七

王右军年减十岁时，大将军甚爱之，恒置帐中眠。大将军尝先出，右军犹未起。须臾，钱凤入，屏人论事，都忘右军在帐中，便言逆节之谋。右军觉，既闻所论，知无活理，乃剔吐污头面被褥，诈孰眠。敦论事造半，方意右军未起，相与大惊曰："不得不除之！"及开帐，乃见吐唾从横，信其实孰眠，于是得全。于时称其有智。

八

陶公自上流来，赴苏峻之难，令诛庾公。谓必戮庾，可以谢峻。庾欲奔窜，则不可；欲会，恐见执，进退无计。温公劝庾诣陶，曰：“卿但遥拜，必无它，我为卿保之。”庾从温言诣陶，至便拜。陶自起止之，曰：“庾元规何缘拜陶士行？”毕，又降就下坐，陶又自要起同坐。坐定，庾乃引咎责躬，深相逊谢，陶不觉释然。

九

温公丧妇，从姑刘氏，家值乱离散，唯有一女，甚有姿慧，姑以属公觅婚。公密有自婚意，答云：“佳婿难得，但如峤比云何？”姑云：“丧败之余，乞粗存活，便足慰吾余年，何敢希汝比！”却后少日，公报姑云：“已觅得婚处，门地粗可，婿身名宦，尽不减峤。”因下玉镜台一枚。姑大喜。既婚，交礼，女以手披纱扇，抚掌大笑曰：“我固疑是老奴，果如所卜！”玉镜台，是公为刘越石长史，北征刘聪所得。

十

诸葛令女，庾氏妇，既寡，誓云“不复重出”。此女性甚正强，无有登车理。恢既许江思玄婚，乃移家近之。初，诳女云：“宜徙于是。”家人一时去，独留女在后。比其觉，已不复得出。江郎莫来，女哭詈弥甚，积日渐歇。江虨暝入宿，恒在对床上。后观其意转帖，虨乃诈厌，良久不悟，声气转急。女乃呼婢云：“唤江郎觉！”江于是跃来就之曰：“我自是天下男子，厌，何预卿事而见唤邪？既尔相关，不得不与人语。”女默然而惭，情义遂笃。

十一

愍度道人始欲过江，与一伧道人为侣。谋曰："用旧义在江东，恐不办得食。"便共立"心无义"。既而此道人不成渡，愍度果讲义积年。后有伧人来，先道人寄语云："为我致意愍度，无义那可立？治此计，权救饥尔，无为遂负如来也！"

十二

王文度弟阿智，恶乃不翅，当年长而无人与婚。孙兴公有一女，亦僻错，又无嫁娶理。因诣文度，求见阿智。既见，便阳言："此定可，殊不如人所传，那得至今未有婚处！我有一女，乃不恶，但吾寒士，不宜与卿计，欲令阿智娶之。"文度欣然而启蓝田云："兴公向来，忽言欲与阿智婚。"蓝田惊喜。既成婚，女之顽嚚，欲过阿智。方知兴公之诈。

十三

范玄平为人，好用智数，而有时以多数失会。尝失官居东阳，桓大司马在南州，故往投之。桓时方欲招起屈滞，以倾朝廷；且玄平在京，素亦有誉，桓谓远来投己，喜跃非常。比入至庭，倾身引望，语笑欢甚。顾谓袁虎曰："范公且可作太常卿。"范裁坐，桓便谢其远来意。范虽实投桓，而恐以趋时损名，乃曰："虽怀朝宗，会有亡儿瘗在此，故来省视。"桓怅然失望，向之虚伫，一时都尽。

十四

谢遏年少时，好箸紫罗香囊，垂覆手。太傅患之，而不欲伤其意，乃谲与赌，得即烧之。

黜免第二十八

一

诸葛厷在西朝，少有清誉，为王夷甫所重，时论亦以拟王。后为继母族党所谗，诬之为狂逆。将远徙，友人王夷甫之徒，诣槛车与别。厷问：“朝廷何以徙我？”王曰：“言卿狂逆。”厷曰：“逆则应杀，狂何所徙！”

二

桓公入蜀，至三峡中，部伍中有得猿子者。其母缘岸哀号，行百余里不去，遂跳上船，至便即绝。破视其腹中，肠皆寸寸断。公闻之，怒，命黜其人。

三

殷中军被废，在信安，终日恒书空作字。扬州吏民寻义逐之，窃视，唯作“咄咄怪事”四字而已。

四

桓公坐有参军椅烝薤不时解，共食者又不助，而椅终不放，举坐皆笑。桓公曰：“同盘尚不相助，况复危难乎？”敕令免官。

五

殷中军废后，恨简文曰：“上人箸百尺楼上，儋梯将去。”

六

邓竟陵免官后赴山陵，过见大司马桓公，公问之曰：“卿何以更瘦？”邓曰：“有愧于叔达，不能不恨于破甑！”

七

桓宣武既废太宰父子，仍上表曰：“应割近情，以存远计。若除太宰父子，可无后忧。”简文手答表曰：“所不忍言，况过于言！”宣武又重表，辞转苦切。简文更答曰：“若晋室灵长，明公便宜奉行此诏；如大运去矣，请避贤路！”桓公读诏，手战流汗，于此乃止。太宰父子，远徙新安。

八

桓玄败后，殷仲文还为大司马咨议，意似二三，非复往日。大司马府听前有一老槐，甚扶疏。殷因月朔，与众在听，视槐良久，叹曰：“槐树婆娑，无复生意！”

九

殷仲文既素有名望，自谓必当阿衡朝政。忽作东阳太守，意甚不平。及之郡，至富阳，慨然叹曰：“看此山川形势，当复出一孙伯符！”

俭啬第二十九

一

和峤性至俭，家有好李，王武子求之，与不过数十。王武子因其上直，率将少年能食之者，持斧诣园，饱共啖毕，伐之，送一车枝与和公，问曰："何如君李？"和既得，唯笑而已。

二

王戎俭吝，其从子婚，与一单衣，后更责之。

三

司徒王戎，既贵且富，区宅僮牧，膏田水碓之属，洛下无比。契疏鞅掌，每与夫人烛下散筹筭计。

四

王戎有好李，卖之，恐人得其种，恒钻其核。

五

王戎女适裴頠，贷钱数万。女归，戎色不说。女遽还钱，乃释然。

六

卫江州在寻阳，有知旧人投之，都不料理，唯饷“王不留行”一斤。此人得饷，便命驾。李弘范闻之曰：“家舅刻薄，乃复驱使草木。”

七

王丞相俭节，帐下甘果，盈溢不散。涉春烂败，都督白之，公令舍去，曰：“慎不可令大郎知。”

八

苏峻之乱，庾太尉南奔见陶公。陶公雅相赏重。陶性俭吝，及食，啖薤，庾因留白。陶问：“用此何为？”庾云：“故可种。”于是大叹庾非唯风流，兼有治实。

七

郗公大聚敛，有钱数千万，嘉宾意甚不同。常朝旦问讯，郗家法，子弟不坐，因倚语移时，遂及财货事。郗公曰：“汝正当欲得吾钱耳！”乃开库一日，令任意用。郗公始正谓损数百万许，嘉宾遂一日乞与亲友，周旋略尽。郗公闻之，惊怪不能已已。

汰侈第三十

一

石崇每要客燕集，常令美人行酒，客饮酒不尽者，使黄门交斩美人。王丞相与大将军尝共诣崇，丞相素不能饮，辄自勉强，至于沉醉。每至大将军，固不饮，以观其变。已斩三人，颜色如故，尚不肯饮。丞相让之，大将军曰："自杀伊家人，何预卿事！"

二

石崇厕，常有十余婢侍列，皆丽服藻饰。置甲煎粉、沉香汁之属，无不毕备。又与新衣著令出，客多羞不能如厕。王大将军往，脱故衣，箸新衣，神色傲然。群婢相谓曰："此客必能作贼。"

三

武帝尝降王武子家，武子供馔，并用琉璃器。婢子百余人，皆绫罗绔褶，以手擎饮食。烝㹠肥美，异于常味。帝怪而问之，答曰："以人乳饮㹠。"帝甚不平，食未毕，便去。王、石所未知作。

四

王君夫以饴糒澳釜，石季伦用蜡烛作炊。君夫作紫丝布步障碧绫里四十里，石崇作锦步障五十里以敌之。石以椒为泥，王以赤石脂泥壁。

五

石崇为客作豆粥，咄嗟便办。恒冬天得韭蓱齑。又牛形状气力不胜王恺牛，而与恺出游，极晚发，争入洛城，崇牛数十步后，迅若飞禽，恺牛绝走不能及。每以此三事为扼腕。乃密货崇帐下都督及御车人，问所以。都督曰："豆至难煮，唯豫作熟末，客至，作白粥以投之。韭蓱齑是捣韭根，杂以麦苗尔。"复问驭人牛所以驶。驭人云："牛本不迟，由将车人不及制之尔。急时听偏辕，则驶矣。"恺悉从之，遂争长。石崇后闻，皆杀告者。

六

王君夫有牛，名"八百里驳"，常莹其蹄角。王武子语君夫："我射不如卿，今指赌卿牛，以千万对之。"君夫既恃手快，且谓骏物无有杀理，便相然可。令武子先射。武子一起便破的，却据胡床，叱左右："速探牛心来！"须臾，炙至，一脔便去。

七

王君夫尝责一人无服余衵，因直内箸曲阁重闺里，不听人将出。遂饥经日，迷不知何处去。后因缘相为，垂死，乃得出。

八

石崇与王恺争豪，并穷绮丽，以饰舆服。武帝，恺之甥也，每助恺。尝以一珊瑚树，高二尺许赐恺。枝柯扶疏，世罕其比。恺以示崇。崇视讫，以铁如意击之，应手而碎。恺既惋惜，又以为疾己之宝，声色甚厉。崇曰：“不足恨，今还卿。”乃命左右悉取珊瑚树，有三尺四尺，条干绝世，光彩溢目者六七枚，如恺许比甚众。恺惘然自失。

九

王武子被责，移第北邙下。于时人多地贵，济好马射，买地作埒，编钱匝地竟埒。时人号曰“金沟”。

十

石崇每与王敦入学戏，见颜、原象而叹曰：“若与同升孔堂，去人何必有间！”王曰：“不知余人云何，子贡去卿差近。”石正色云：“士当令身名俱泰，何至以瓮牖语人！”

十一

彭城王有快牛，至爱惜之。王太尉与射，赌得之。彭城王曰：“君欲自乘则不论；若欲啖者，当以二十肥者代之。既不废啖，又存所爱。”王遂杀啖。

十二

王右军少时，在周侯末坐。割牛心啖之，于此改观。

忿狷第三十一

一

魏武有一妓，声最清高，而情性酷恶。欲杀则爱才，欲置则不堪。于是选百人一时俱教。少时，还有一人声及之，便杀恶性者。

二

王蓝田性急。尝食鸡子，以筯刺之，不得，便大怒，举以掷地。鸡子于地圆转未止，仍下地以屐齿蹍之，又不得，瞋甚，复于地取内口中，啮破即吐之。王右军闻而大笑曰："使安期有此性，犹当无一豪可论，况蓝田邪？"

三

王司州尝乘雪往王螭许。司州言气少有牾逆于螭，便作色不夷。司州觉恶，便舆床就之，持其臂曰："汝讵复足与老兄计？"螭拨其手曰："冷如鬼手馨，强来捉人臂！"

四

桓宣武与袁彦道樗蒱，袁彦道齿不合，遂厉色掷去五木。温太真云："见袁生迁怒，知颜子为贵。"

五

谢无奕性粗强。以事不相得，自往数王蓝田，肆言极骂。王正色面壁不敢动，半日。谢去良久，转头问左右小吏曰："去未？"答云："已去。"然后复坐。时人叹其性急而能有所容。

六

王令诣谢公，值习凿齿已在坐，当与并榻。王徙倚不坐，公引之与对榻。去后，语胡儿曰："子敬实自清立。但人为尔多矜咳，殊足损其自然。"

七

王大、王恭尝俱在何仆射坐。恭时为丹阳尹，大始拜荆州。讫将乖之际，大劝恭酒，恭不为饮，大逼强之，转苦，便各以裙带绕手。恭府近千人，悉呼入斋，大左右虽少，亦命前，意便欲相杀。何仆射无计，因起排坐二人之间，方得分散。所谓势利之交，古人羞之。

八

桓南郡小儿时，与诸从兄弟各养鹅共斗。南郡鹅每不如，甚以为忿。乃夜往鹅栏间，取诸兄弟鹅悉杀之。既晓，家人咸以惊骇，云是变怪，以白车骑。车骑曰："无所致怪，当是南郡戏耳！"问，果如之。

谗险第三十二

一

王平子形甚散朗，内实劲侠。

二

袁悦有口才，能短长说，亦有精理。始作谢玄参军，颇被礼遇。后丁艰，服除还都，唯赍《战国策》而已。语人曰："少年时读《论语》《老子》，又看《庄》《易》，此皆是病痛事，当何所益邪？天下要物，正有《战国策》。"既下，说司马孝文王，大见亲待，几乱机轴，俄而见诛。

三

孝武甚亲敬王国宝、王雅。雅荐王珣于帝，帝欲见之。尝夜与国宝、雅相对，帝微有酒色，令唤珣，垂至，已闻卒传声。国宝自知才出珣下，恐倾夺要宠，因曰："王珣当今名流，陛下不宜有酒色见之，自可别诏也。"帝然其言，心以为忠，遂不见珣。

四

王绪数谗殷荆州于王国宝，殷甚患之，求术于王东亭。曰：“卿但数诣王绪，往辄屏人，因论它事，如此，则二王之好离矣。”殷从之。国宝见王绪问曰：“比与仲堪屏人何所道？”绪云：“故是常往来，无它所论。”国宝谓绪于己有隐，果情好日疏，谗言以息。

尤悔第三十三

一

魏文帝忌弟任城王骁壮，因在卞太后阁共围棋，并啖枣。文帝以毒置诸枣蒂中，自选可食者而进，王弗悟，遂杂进之。既中毒，太后索水救之。帝预敕左右毁瓶罐，太后徒跣趋井，无以汲。须臾，遂卒。复欲害东阿，太后曰："汝已杀我任城，不得复杀我东阿。"

二

王浑后妻，琅邪颜氏女。王时为徐州刺史，交礼拜讫，王将答拜，观者咸曰："王侯州将，新妇州民，恐无由答拜。"王乃止。武子以其父不答拜，不成礼，恐非夫妇，不为之拜，谓为颜妾。颜氏耻之。以其门贵，终不敢离。

三

陆平原河桥败，为卢志所谗，被诛。临刑叹曰："欲闻华亭鹤唳，可复得乎！"

四

刘琨善能招延，而拙于抚御。一日虽有数千人归投，其逃散而去亦复如此。所以卒无所建。

五

王平子始下，丞相语大将军："不可复使羌人东行。"平子面似羌。

六

王大将军起事，丞相兄弟诣阙谢。周侯深忧诸王，始入，甚有忧色。丞相呼周侯曰："百口委卿！"周直过不应。既入，苦相存救。既释，周大说，饮酒。及出，诸王故在门。周曰："今年杀诸贼奴，当取金印如斗大系肘后。"大将军至石头，问丞相曰："周侯可为三公不？"丞相不答。又问："可为尚书令不？"又不应。因云："如此，唯当杀之耳！"复默然。逮周侯被害，丞相后知周侯救己，叹曰："我不杀周侯，周侯由我而死。幽冥中负此人！"

七

王导、温峤俱见明帝，帝问温前世所以得天下之由。温未答。顷，王曰："温峤年少未谙，臣为陛下陈之。"王乃具叙宣王创业之始，诛夷名族，宠树同己。及文王之末，高贵乡公事。明帝闻之，覆面箸床曰："若如公言，祚安得长！"

八

王大将军于众坐中曰："诸周由来未有作三公者。"有人答曰："唯周侯邑五马领头而不克。"大将军曰："我与周，洛下相遇。一面顿尽。值世纷纭，遂至于此！”因为流涕。

九

温公初受刘司空使劝进，母崔氏固驻之，峤绝裾而去。迄于崇贵，乡品犹不过也。每爵皆发诏。

十

庾公欲起周子南，子南执辞愈固。庾每诣周，庾从南门入，周从后门出。庾尝一往奄至，周不及去，相对终日。庾从周索食，周出蔬食，庾亦强饭，极欢；并语世故，约相推引，同佐世之任。既仕，至将军二千石，而不称意。中宵慨然曰：“大丈夫乃为庾元规所卖！”一叹，遂发背而卒。

十一

阮思旷奉大法，敬信甚至。大儿年未弱冠，忽被笃疾。儿既是偏所爱重，为之祈请三宝，昼夜不懈。谓至诚有感者，必当蒙祐。而儿遂不济。于是结恨释氏，宿命都除。

十二

桓宣武对简文帝，不甚得语。废海西后，宜自申叙，乃豫撰数百语，陈废立之意。既见简文，简文便泣下数十行。宣武矜愧，不得一言。

十三

桓公卧语曰：“作此寂寂，将为文、景所笑！”既而屈起坐曰：“既不能流芳后世，亦不足复遗臭万载邪？”

十四

谢太傅于东船行，小人引船，或迟或速，或停或待，又放船从横，撞人触岸。公初不呵谴，人谓公常无嗔喜。曾送兄征西葬还，日莫雨，驶小人皆醉，不可处分。公乃于车中，手取车柱撞驭人，声色甚厉。夫以水性沉柔，入隘奔激。方之人情，固知迫隘之地，无得保其夷粹。

十五

简文见田稻不识，问是何草，左右答是稻。简文还，三日不出，云：“宁有赖其末，而不识其本！”

十六

桓车骑在上明畋猎。东信至，传淮上大捷。语左右云：“群谢年少，大破贼。”因发病薨。谈者以为此死，贤于让扬之荆。

十七

桓公初报破殷荆州，曾讲《论语》，至“富与贵，是人之所欲，不以其道得之不处”，玄意色甚恶。

纰漏第三十四

一

王敦初尚主，如厕，见漆箱盛干枣，本以塞鼻，王谓厕上亦下果，食遂至尽。既还，婢擎金澡盘盛水，琉璃碗盛澡豆，因倒箸水中而饮之，谓是干饭。群婢莫不掩口而笑之。

二

元皇初见贺司空，言及吴时事，问："孙皓烧锯截一贺头，是谁？"司空未得言，元皇自忆曰："是贺劭。"司空流涕曰："臣父遭遇无道，创巨痛深，无以仰答明诏。"元皇愧惭，三日不出。

三

蔡司徒渡江，见彭蜞，大喜曰："蟹有八足，加以二螯。"令烹之。既食，吐下委顿，方知非蟹。后向谢仁祖说此事。谢曰："卿读《尔雅》不熟，几为《劝学》死。"

四

任育长年少时，甚有令名。武帝崩，选百二十挽郎，一时之秀彦，育长亦在其中。王安丰选女婿，从挽郎搜其胜者，且择取四人，任犹在其中。童少时神明可爱，时人谓育长影亦好。自过江，便失志。王丞相请先度时贤共至石头迎之，犹作畴日相待，一见便觉有异。坐席竟，下饮，便问人云："此为茶，为茗？"觉有异色，乃自申明云："向问饮为热，为冷耳。"尝行从棺邸下度，流涕悲哀。王丞相闻之曰："此是有情痴。"

五

谢虎子尝上屋熏鼠。胡儿既无由知父为此事，闻人道"痴人有作此者"，戏笑之。时道此非复一过。太傅既了己之不知，因其言次，语胡儿曰："世人以此谤中郎，亦言我共作此。"胡儿懊热，一月日闭斋不出。太傅虚托引己之过，以相开悟，可谓德教。

六

殷仲堪父病虚悸，闻床下蚁动，谓是牛斗。孝武不知是殷公，问仲堪："有一殷，病如此不？"仲堪流涕而起曰："臣进退唯谷。"

七

虞啸父为孝武侍中，帝从容问曰："卿在门下，初不闻有所献替。"虞家富春，近海，谓帝望其意气，对曰："天时尚暖，𩶑鱼虾鲊未可致，寻当有所上献。"帝抚掌大笑。

八

王大丧后，朝论或云"国宝应作荆州"。国宝主簿夜函白事，云："荆州事已行。"国宝大喜，而夜开阁，唤纲纪，话势虽不及作荆州，而意色甚恬。晓遣参问，都无此事。即唤主簿数之曰："卿何以误人事邪？"

惑溺第三十五

一

魏甄后惠而有色，先为袁熙妻，甚获宠。曹公之屠邺也，令疾召甄，左右白：“五官中郎已将去。”公曰：“今年破贼正为奴。”

二

荀奉倩与妇至笃，冬月妇病热，乃出中庭自取冷，还以身熨之。妇亡，奉倩后少时亦卒。以是获讥于世。奉倩曰：“妇人德不足称，当以色为主。”裴令闻之曰：“此乃是兴到之事，非盛德言，冀后人未昧此语。”

三

贾公闾后妻郭氏酷妒，有男儿名黎民，生载周，充自外还，乳母抱儿在中庭，儿见充喜踊，充就乳母手中呜之。郭遥望见，谓充爱乳母，即杀之。儿悲思啼泣，不饮它乳，遂死。郭后终无子。

四

孙秀降晋，晋武帝厚存宠之，妻以姨妹蒯氏，室家甚笃。妻尝妒，乃骂秀为“貉子”。秀大不平，遂不复入。蒯氏大自悔责，请救于帝。时大赦，群臣咸见。既出，帝独留秀，从容谓曰：“天下旷荡，蒯夫人可得从其例不？”秀免冠而谢，遂为夫妇如初。

五

韩寿美姿容，贾充辟以为掾。充每聚会，贾女于青琐中看，见寿，说之。恒怀存想，发于吟咏。后婢往寿家，具述如此，并言女光丽。寿闻之心动，遂请婢潜修音问。及期往宿。寿跻捷绝人，逾墙而入，家中莫知。自是充觉女盛自拂拭，说畅有异于常。后会诸吏，闻寿有奇香之气，是外国所贡，一箸人，则历月不歇。充计武帝唯赐己及陈骞，余家无此香，疑寿与女通，而垣墙重密，门阁急峻，何由得尔？乃托言有盗，令人修墙。使反曰：“其余无异，唯东北角如有人迹。而墙高，非人所逾。”充乃取女左右婢考问，即以状对。充秘之，以女妻寿。

六

王安丰妇常卿安丰。安丰曰：“妇人卿婿，于礼为不敬，后勿复尔。”妇曰：“亲卿爱卿，是以卿卿；我不卿卿，谁当卿卿？”遂恒听之。

七

王丞相有幸妾姓雷，颇预政事纳货。蔡公谓之“雷尚书”。

仇隙第三十六

一

孙秀既恨石崇不与绿珠，又憾潘岳昔遇之不以礼。后秀为中书令，岳省内见之，因唤曰：“孙令，忆畴昔周旋不？”秀曰：“中心藏之，何日忘之？”岳于是始知必不免。后收石崇、欧阳坚石，同日收岳。石先送市，亦不相知。潘后至，石谓潘曰：“安仁，卿亦复尔邪？”潘曰：“可谓‘白首同所归’。”潘《金谷集诗》云：“投分寄石友，白首同所归。”乃成其谶。

二

刘玙兄弟少时为王恺所憎，尝召二人宿，欲默除之。令作阬，阬毕，垂加害矣。石崇素与玙、琨善，闻就恺宿，知当有变，便夜往诣恺，问二刘所在。恺卒迫不得讳，答云：“在后斋中眠。”石便径入，自牵出，同车而去。语曰：“少年，何以轻就人宿？”

三

王大将军执司马愍王，夜遣世将载王于车而杀之，当时不尽知也。虽愍王家，亦未之皆悉，而无忌兄弟皆稚。王胡之与无忌，长甚相昵，胡之尝共游，无忌入告母，请为馔。母流涕曰：“王敦昔肆酷汝父，假手世将。吾所以积年不告汝者，王氏门强，汝兄弟尚幼，不欲使此声著，盖以避祸耳！”无忌惊号，抽刃而出，胡之去已远。

四

应镇南作荆州，王修载、谯王子无忌同至新亭与别，坐上宾甚多，不悟二人俱到。有一客道：“谯王丞致祸，非大将军意，正是平南所为耳。”无忌因夺直兵参军刀，便欲斫。修载走投水，舸上人接取，得免。

五

王右军素轻蓝田，蓝田晚节论誉转重，右军尤不平。蓝田于会稽丁艰，停山阴治丧。右军代为郡，屡言出吊，连日不果。后诣门自通，主人既哭，不前而去，以陵辱之。于是彼此嫌隙大构。后蓝田临扬州，右军尚在郡。初得消息，遣一参军诣朝廷，求分会稽为越州，使人受意失旨，大为时贤所笑。蓝田密令从事数其郡诸不法，以先有隙，令自为其宜。右军遂称疾去郡，以愤慨致终。

六

王东亭与孝伯语，后渐异。孝伯谓东亭曰：“卿便不可复测！”答曰：“王陵廷争，陈平从默，但问克终云何耳。”

七

王孝伯死，县其首于大桁。司马太傅命驾出至标所，孰视首，曰：“卿何故趣欲杀我邪？”

八

桓玄将篡，桓修欲因玄在修母许袭之。庾夫人云："汝等近过我余年，我养之，不忍见行此事。"